马戏团里的怪人

〔日〕江户川乱步 著

叶荣鼎 译

山东画报出版社

译者序

红极一时的日本动漫《名侦探柯南》的作者漫画家青山刚昌，孩提时代曾是江户川乱步的超级追星族，他笔下的主人公江户川柯南的姓就取自日本推理文学鼻祖江户川乱步，名则取自英国的柯南·道尔。

日本作家历来都有用笔名的传统，江户川乱步本名平井太郎，早年就读于早稻田大学经济学专业，江户川就在早稻田大学旁边。巧合的是，"江户川"的日式英语发音"edogawa（爱多嘎娃）"，与"Edgar a-（埃德加·爱）"的发音极其相似；

"乱步"的日式英语发音"ranpo（兰波）"，与"llan Poe（伦·坡）"的发音又十分相近，故而决定以"江户川乱步"为笔名。从此，这个名字陪他度过了四十年推理文学创作生涯，也成为日本推理文学史上不可逾越的高峰。

1923年，乱步在《新青年》杂志上发表处女作《二钱铜币》，引发轰动。当时的编者按这样写道："我们经常这样说，《新青年》杂志上总有一天将刊登本国作者创作的侦探小说，并且远远高于欧美侦探小说的创作水平。今天，我们终于盼来了这一兴奋时刻。《二钱铜币》果然不负众望，博采外国作品之长，水平遥遥领先于外国名作。我们深信，广大读者看了这篇小说后一定会深以为然，拍案叫绝。作者是谁？是首位登上日本侦探文坛的江户川乱步。"

1925年，乱步发表小说《D坂杀人事件》，成功塑造了日本推理文学史上的第一位名侦探——明智小五郎。其后，他又陆续创作了《怪盗二十面相》《少年侦探团》等脍炙人口的作品，其中的"怪盗二十面相""少年侦探团"等角色已经突破了类型文学的束缚，成为世界文学史上的典型形象，先后多次被搬上各种舞台，改编成各种各样的影视、动漫作品。

第二次世界大战爆发后，江户川乱步因作品被禁止出版，投笔抗议，公开发表《作者的话》："我撰写的小说主要是把侦探、推理、探险、幻想和魔术结合在一起，让读者富有想象力和创造力。人类必须怀有伟大的梦想，经过不断的努力，才会创造出伟大的时代。没有梦想，没有幻想，就没有科学。历史已经证明，科学的进步多取决于天才的幻想和不懈努力。科学进步了，人民才会过上好日子。可是今天的战争，毁掉了科学，毁掉了人民的梦想，日本人民将会被一个不剩地当作炮灰，却还是避免不了失败的结局。"

1947年，日本侦探作家俱乐部成立，乱步被推举为主席。俱乐部在1963年改组为日本推理作家协会，至今仍是日本最权威的推理作家机构。1954年，乱步在六十大寿之际，个人出资100万日元，设立"江户川乱步奖"，用以激励年轻作家。在之后的半个多世纪里，以东野圭吾为代表的一大批优秀的日本推理文学作家通过这个奖项脱颖而出，他们的成绩也使得"江户川乱步奖"成为日本推理文坛最权威的大奖。

1961年，为表彰乱步在推理文学界的杰出贡献，日本政府为其颁发"紫绶褒勋章"（授予学术、艺术、运动领域中贡献卓著的人）。1965年，乱步突发脑出血去世，获赠正五位勋三等瑞宝章。为纪念乱步，名张市建有"江户川乱步纪念碑"与"江户川乱步纪念馆"，丰岛区设有"江户川乱步文学馆"，供日本与世界的爱好者与学者瞻仰和研究。

《江户川乱步全集》作为乱步作品之集大成者，先后出版了多个版本，加印数十次，总印数超过一亿册，迄今已有英、法、德、俄、中五大语种版本问世。衷心希望诸位读者能够通过这一版的中文译本，回望日本推理文学的滥觞，领略一代文学大家的风采。

是为序。

2021年元旦于上海虹桥东华美寓所

目　录

骷髅怪人 / 001

全日本规模之最马戏团 / 008

化妆室惊魂 / 014

洋酒桶 / 020

老鼠戏猫 / 025

秋千上的恶作剧 / 030

窗　外 / 034

暗　门 / 038

诡异的信 / 047

奇怪的地毯 / 053

正一失踪 / 057

枪下救人 / 063

别墅鬼影 / 072

噩　梦 / 076

怪人消失 / 081

防盗窗 / 085

老　人 / 090

小乞丐 / 096

原形毕露 / 101

地下逃亡 / 109

浑水摸鱼 / 116

怪老人 / 120

再次消失 / 123

大闹马戏团 / 128

大熊出笼 / 132

二十面相的末日 / 137

江户川乱步年谱 / 141

译后记 / 155

骷髅怪人

　　傍晚，少年侦探团里的"黄金搭档"井上一郎和野吕，行走在世田谷区一条偏僻的住宅街上。井上在野吕家玩了一整天，天就要黑了，野吕正送井上回家。

　　野吕的全名叫野吕一平，在少年侦探团里是出了名的胆小鬼，但他是个细心人，不仅在侦查方面巨细靡遗，在其他方面也总是替人着想，而且幽默诙谐，十分讨大家的喜欢。

　　在少年侦探中间，数井上一郎身材高大，臂力过人，享有"大力士"的美誉。他从曾经是拳击运

001

动员的爸爸那里学会了一手好拳法。

身材高大的井上和矮小的野吕，一个生性天不怕地不怕，另一个则树叶掉下都怕伤着脑袋。奇怪的是，他俩总是形影不离。

道路两侧是一望无际的围墙，偏僻、冷清。突然，前面拐角处的人行道上出现了一个绅士模样的男人，朝着他俩迎面走来。男人身穿鼠色风衣，头戴鼠色礼帽，手持手杖，迈着优哉游哉的步伐。

两人无意中看了对方一眼，顿时起了一身鸡皮疙瘩，一种不祥之感犹如电流席卷全身。他俩不由得停下了脚步。

傍晚时分，光线昏暗，那人的长相怎么也看不清楚。胆大的井上对此不以为意，拽着胆小的野吕，硬着头皮朝前闯。

双方越来越近，只有十来米了。直到这时候，那人的脸才终于清楚地映入两人的眼中——长相丑陋，阴险骄横，恐怖而又神秘。总之，是一张说有多难看就有多难看的脸。

野吕"啊"地惊呼出声，连连后退。但井上紧紧抓住他的手腕，示意他忍住，不要出声。

大概是梦吧？眼前这位绅士的脸，不像是一张活人的脸，漆黑的眼睛没有一丝眼白。起初，他俩还以为这位绅士的鼻梁上架着墨镜呢。现在才明白，绅士的一双眼睛是两个圆形的黑洞窟，鼻子是三角形的黑窟窿，没有嘴唇，一眼就可以看见两排白森森的牙齿——骷髅！这是一个身穿西装、外披风衣、头戴礼帽、手持手杖的骷髅怪人。

在这暮色沉沉的黄昏，难道两人遇上了千载难逢的妖怪？骷髅怪人的脸让两人的视线无法稍做停留。稍一注目，全身就会不由自主地瑟瑟发抖。他俩赶紧侧过身，脸朝着围墙，默默祈祷视线里别再出现那张脸，更希望恶魔快快滚开，快快化为乌有。

"咯噔，咯噔"的皮鞋声越来越响，骷髅怪人已经与两人近在咫尺。就在骷髅怪人经过他俩背后的时候，脚步声突然消失了。

原来，骷髅怪人停下了脚步，两个黑窟窿死死盯着两人的后背。刹那间，两人紧张得周身的血液全涌上了脑门，连心跳都骤然停止了。野吕浑身的肌肉不规则地抽搐起来，五官挤成了一团，眼看就要哭出来了。

丑陋的骷髅怪人要伸出只剩枯骨的双手抓住他俩，还是张开没有嘴唇的嘴狠狠咬下？说不定是要把他俩秘密带到黑暗潮湿的地狱！

一想到这里，野吕心急如焚，恨不得插翅高飞，永远不要再看见它。

可过了好半天，什么都没有发生。"咯噔，咯噔"的皮鞋声又突然响起，渐渐远去，直至消失。

等到再也听不见皮鞋声的时候，两人才小心翼翼地转过身来，朝着骷髅怪人的背影望去。这时候，骷髅怪人的身影已经只有黄豆一般大小。

"野吕，咱俩是少年侦探，有责任协助警方侦查形迹可疑的家伙。你我就这样与这么可疑的家伙擦肩而过，算什么堂堂的少年侦探？我看，咱俩应该勇敢地跟踪骷髅怪人。这世上怎么可能有妖魔鬼怪？我想那一定是歹徒化装的。我俩悄悄跟上去，说不定还真能立下大功呢。不过，可千万别让骷髅怪人察觉出我们的意图。"

野吕没有回答，似乎还没有从恐惧中缓过神来。幸亏有井上在身边，他才不至于惊慌失措。反正有井上在，即便遇上危险，多半也能抵挡得住。于是，他点点头，跟着井上追赶骷髅怪人。

两人的跟踪技术非常老道，当然，这是从小林团长那里学来的。他们通常与被跟踪者之间保持大约二十米的距离，借助电线杆之类的东西隐蔽身形。

跟踪者要有足够的耐心和韧劲，要全神贯注，要机智灵活。

骷髅怪人一路上转了好几个弯，似乎在漫无目的地闲逛。天色越来越暗，跟踪也越来越难。

他俩跟踪了一公里左右，前面出现了一个巨大的帐篷，婉转动听的美妙旋律飘进了两人的耳朵。大帐篷里好像有什么演出，热闹非凡，人声鼎沸。

原来是马戏团在表演。帐篷十分巨大，看上去可以容纳成百上千的观众。帐篷底部被许多粗粗的绳索拴在四周地面的铁桩上，非常牢固结实。

骷髅怪人朝马戏团大帐篷的正门走去，距离越来越近。

大帐篷旁停着好多车，有大客车、大卡车……大卡车上装着许多大铁笼子，好像是用来关大象、狮子和老虎等用于马戏表演的动物的。

大客车的车门关着，多半是用作马戏团演员们的卧室和化妆室。

大帐篷的正面上方挂有黑色的呢绒横幅，写有"全日本规模之最马戏团"等烫金文字。横幅两旁还挂着许多幅精彩的杂技和魔术剧照，引人注目。

剧照下边拴有许多马匹。大帐篷旁边高高的铁栅栏里，大象们正踱着方步，还不时发出悦耳的轻啸。大帐篷顶上悬挂着好几盏大灯，帐篷内一片灯火辉煌。

如果是白天，大帐篷周围多半会挤满观众。可现在快要入夜了，看起来十分冷清。野吕数了一下，门前只有二三十个人，三五一伙地站着，不知是等散场迎接亲属还是等退票。

骷髅怪人在稀稀拉拉的人群里穿行，改变方向朝大帐篷旁边走去，随后就消失在了大帐篷后。

两人焦急起来，三步并作两步跑过去四下寻找，却连个影子也没找着。

帐篷大概有五十多米宽，就那么一眨眼的工夫，怎么也不可能这么快就转到背后，消失得无影无踪。大帐篷背后是一大片荆棘丛生的野草地，见不到半个人影。

难道骷髅怪人真是妖魔鬼怪？

"骷髅怪人肯定是从帐篷底部的缝隙钻到大帐篷里去了。这骷髅妖怪，居然和咱俩玩起了捉迷藏，真够狡猾的。"野吕指着帐篷底部说。

在少年侦探团里，野吕以思维敏捷、判断准确著称，不亚于流浪儿别动队的少年侦探口袋小和尚。

"嗯，多半是那么回事。走，我们从正门进去找。像骷髅怪人那么可怕的长相，一眼就能认出。"

井上说完，牵着野吕的手朝帐篷正门走去。

全日本规模之最马戏团

马戏团大帐篷中央的扇形舞台上，正在表演惊险刺激的马戏。之前在帐篷外的七匹马，不知什么时候已经被牵进了帐篷，正在舞台上绕圈。七个漂亮的马戏小姐上身穿着银丝线镶边的衬衫和短裙，骑在马背上表演各种惊险动作。

这个大帐篷比其他马戏团帐篷要大三倍之多，可观众席上还是座无虚席。

观众席座位是长条木板凳，铺有舒适的草席垫。观众坐在草席垫上兴致勃勃地观看马戏表演，不时拍手叫好。观众席的最后排特别高，分成了十多个包厢。

包厢间的隔断是黑色呢绒。每个包厢里有六个座位，可坐六名观众。此外，包厢里还备有高倍望远镜，票价昂贵。

中间包厢前面一排的中间座位上，坐着一对夫妇和一个小学五六年级的小学生。他们跟其他观众一样，津津有味地看着台上的表演，时而鼓掌，时而喝彩。

突然，那少年转过脸看向背后。此时，所有观众都在饶有兴致地欣赏着舞台上的马戏表演，唯独这位少年与众不同，紧盯着最后排的包厢座位。

难道有什么奇特的东西吸引了他？

包厢的天花板、左右隔断和背后隔断都用黑色呢绒幕布代替。十几个包厢里几乎都有观众，多的五六个，少的两三个，男女老少都有。可最中间的包厢里，仿佛被拔去所有牙齿的嘴巴，黑洞洞、空荡荡的，一个观众也没有。

突然，少年似乎看到了什么，起了一身的鸡皮疙瘩——包厢里飘浮着一个白晃晃的东西。

那家伙脸盘中央的鼻梁上，好像架着一副黑色的大墨镜。少年仔细琢磨，觉得又不像是那么回事——不是黑色大墨镜，而是两个圆圆的黑窟窿；不是鼻子，而是三角形的黑窟窿；还有两排白森森的牙齿直接裸露在外。那模样，分明是骷髅！没有躯体和四肢的骷髅，正在包厢里飘来荡去。

少年心惊胆颤，急忙转过脸将目光移向舞台。他感到纳闷，马戏团的观众席上怎么会出现"骷髅观众"？会不会是我看错了？

虽说视线已经转向舞台，可台上的表演却怎么也看不进去了。少年沉默了好一会儿，还是决定再次转过脸看一眼神奇的包厢。

他努力镇定自己的情绪，鼓起勇气转过脸去——骷髅还在包厢里飘荡。

咦，骷髅怎么还带着圆边礼帽？身上还披着风衣？此时，骷髅正堂而皇之地端坐在包厢里的座位上，聚精会神地观看马戏表演。它的礼帽和风衣都是深色的，在光线昏暗的包厢里很难分辨，才会觉得只有一个骷髅在黑暗中飘荡。

少年揉了揉眼睛，再三确认。终于，他用右肘轻轻捣了一下爸爸的手臂："爸爸，背后的包厢里有妖怪。"

爸爸顺着少年手指的方向看去，不由得大吃一惊。

妈妈听到少年的话，也跟着转过脸看去，神经质地惊叫起来："啊！"

妈妈的叫声惊动了邻座的观众，都纷纷扭过脸眺望包厢。

顿时，观众席上乱成一片，大家都看到了黑暗里的骷髅怪人。尽管舞台上的马戏表演还在继续，可已经无法吸引观众。

突然，舞台左侧有几个人奔跑起来。跑在前面的正是井上和野吕，身后跟着马戏团的三个工作人员。井上手指着中央包厢大喊："看！在那里，在那里。"

舞台上，刚才一直在飞速转圈的七匹马受到了影响，不知从什么时候起，站在原地"罢工"了。那些马背上的马戏少女不得不停止表演，不约而同地把目光投向了中间正在闹鬼的包厢。

此时，包厢成了"舞台"，而真正的舞台却被观众们置于脑后。

骷髅怪人在千百双眼睛的注视下镇定自若，不慌不忙。他慢吞吞地从椅子上站起来，离开座位走到包厢前面的走廊上面对大家站着。在灯光照射下，恶魔般的骷髅脸更加清晰可辨。突然，骷髅脸逐渐向上飘了起来。

观众们的视线随着骷髅脸的飘升向上移动。突然，那张恐怖的脸停止飘升，就那么悬浮在了空中。所有人都不由得屏住了呼吸，刚才还嘈杂不堪的大帐篷里此时静得落针可闻。

骷髅怪人倚在走廊扶手上，苍白的脸向观众席探出，环视众人。过了一会儿，他咧开没有嘴唇的嘴巴"扑哧"笑了。

"哇！"

"啊！"

······

观众席上的惊叫声一浪高过一浪，大家再也忍受不住了，纷纷离开座位涌向走廊，争先恐后地朝帐篷正门挤去。

朝中间包厢跑去的井上、野吕和马戏团工作人员，急忙挤开朝他们涌来的人群，继续向骷髅怪人靠近。在他们身后，还跟着两位荷枪实弹的警官。

"哈哈哈……"

大帐篷里回荡起令人不寒而栗的笑声，是骷髅怪人的笑声，正在嘲笑那些抱头鼠窜的观众。笑声未落，骷髅怪人已经开始后退，似乎打算重新回到昏暗的包厢里。

突然，包厢背后的黑色呢绒隔断掉落下来——骷髅怪人企图逃跑。

"站住！快！你们几个，绕到包厢背后截住他！"

不知是谁大声命令，马戏团的工作人员立刻朝包厢背后飞奔而去。

化妆室惊魂

骷髅怪人尽管身陷重围，可最终还是烟雾般地消失了。他所在的包厢，左右两侧也都是包厢，里面都坐有观众。因此，包厢两侧无路可逃。包厢前面也被警察堵住了，唯一的出路只有包厢背后。只要卸掉包厢背后的黑色呢绒隔断，就能逃之夭夭。可那唯一的出口，有马戏团工作人员的封堵。按理说，骷髅怪人插翅难逃。但经过一番搜索，包厢内外就是没有见到他的影子。

大帐篷周围，马戏团的演员们三步一哨五步一岗，严密监视着帐篷底部的动静，防止骷髅怪人从帐篷底部的缝隙钻出逃走。

时间一分一秒地过去，依然没有发现任何动静。就这样，骷髅怪人在大家的眼皮底下逃之夭夭了。

虽说胆小怕事的观众都回家了，可帐篷里仍留有一部分好奇心强、胆大的观众。舞台上开始恢复表演，这回表演的是空中杂技。很快，刚才还吵吵嚷嚷的观众席恢复了平静。

由于刚才的混乱，骑马表演已经中途结束。七名少女中一个叫木下晴美的马戏小姐，急匆匆地走出帐篷朝用作化妆室的大客车走去。晴美是马戏团的顶梁柱，除了骑马表演，还是接下来空中杂技的主要演员。

空中杂技表演已经开始了，可她忘了带一样道具，所以才快步赶往化妆室。

大帐篷旁边的空地上停有好几辆大客车，车厢两边写有"全日本规模之最马戏团"等字样。晴美走到其中一辆大客车旁边，推开车厢门正要进去。由于刚才的突发事件，演员们和专业化妆人员都到大帐篷里去了，此时的大客车里应该空无一人，可晴美却看到，昏暗的车厢里坐着一个头戴礼帽、身穿风衣的男人。这辆大客车是女演员化妆室，不可能有男演员，晴美不由得停下了动作。

车厢两侧各有一长排梳妆台，竖有化妆镜。那男人坐在其中一个梳妆台前，镜子里映出了一张恐怖的脸。

"喂，谁在那里？"晴美厉声喝道。

男人闻声转过脸来。

啊！不好！是刚才出现在包厢里的那张骷髅脸。这家伙从包厢消失后，竟然躲在大客车里照镜子。

晴美"啊"地惊叫一声，转身就往大帐篷跑去。

骷髅怪人也下了车，大步跟在晴美身后。

晴美只顾着拼命逃跑，压根儿就不知道骷髅怪人正跟在自己的身后。

骷髅怪人越走越快，几乎脚不沾地，很快就追上了晴美，似乎只要伸手就能抓住她。

如果晴美此时转过脸来，恐怕会当场吓昏过

去。但骷髅怪人只是紧紧跟在她身后，保持着两三步的距离，好像并不想抓住她。

好在晴美只顾撒腿狂奔，没有回头。

她一口气跑到大帐篷背后的出入口，闯了进去。

"救命！有骷髅……骷髅……"

紧贴大帐篷后门内的两侧，是用黑色呢绒隔开的细长走廊，走廊两侧摆放着许多道具。道具管理员木村一把抱住晴美，大声问道："发生什么事了？"

"木村，那个骷髅怪人躲在我们的化妆室里。你快看门外，骷髅怪人有没有追上来？太可怕了！幸亏我是站在车厢门口发现的。"

"什么？骷髅怪人躲在大客车里？是真的吗？"

木村说完，小心翼翼地将脑袋探出帐篷左右张望。

"什么也没有啊，大概是你的幻觉吧？多半是包厢里刚出现过骷髅，你就……"

"不是幻觉，是真的！那家伙就坐在大客车里的化妆镜前，对着镜子照自己的脸。我看得清清楚楚，就是那个在包厢里出现过的骷髅怪人！"晴美斩钉截铁。

"真有这么回事？"木村还是将信将疑。

走廊尽头是马戏团团长的办公室。这时候，团长室的黑色呢绒门帘被轻轻撩起，马戏团的笠原太郎团长听见外面有叫嚷声，赶紧走了出来。

"怎么了？出什么事了？"

笠原团长四十多岁，身材壮硕。他身上穿着绘有金色图案的紫色呢绒长袍，在灯光下格外耀眼、醒目。头上是一顶又圆又高的紫色尖顶绒线帽，帽尖上还垂有一团红缨。

"团长先生，刚才出现在包厢里的骷髅怪人，又出现在了三号大客车里。我发现后急忙逃到这里，真吓死我啦！"

"什么？骷髅怪人？木村，你快把工作人员集合起来，围住三号车！无论如何得把他给我抓住！"

团长大声命令。于是，道具管理员木村赶紧集合马戏团工作人员。转眼间，三号大客车被十多个工作人员团团围住。而后，大家蹑手蹑脚地推开车门朝里窥视——连骷髅怪人的影子也没有啊。

骷髅怪人又躲到哪里去了？

其实，他刚才一直紧紧跟在晴美身后，并且一直追进了大帐篷后门。

这到底是怎么回事？如果骷髅怪人在大帐篷里，这么多马戏团的演员和工作人员，还有几百名观众，怎么可能没有人发现他？

骷髅怪人在晴美面前出现后，再次消失得无影无踪，难道他真是妖魔鬼怪，会什么不可思议的魔法？

洋酒桶

　　第二天上午八点左右，马戏还没有开场。舞台上，五个演员和三个少年助手正在排练节目。

　　这些人的穿戴都不一样，有的身穿红白条纹的小丑服，头戴尖顶绒线帽，涂满白粉的脸颊上涂着通红的大圆点；有的身穿红底白点的大洋酒桶形状的道具服，只有脑袋和手脚露在外面，正配合音乐的节奏滑稽地手舞足蹈；还有的戴着比自己脑袋大几倍的老虎面具，模仿老虎走来走去。

　　一眼看去，舞台上净是些引人发笑的小丑。

　　三个少年助手中，有一个是只有十来岁的小女孩。他们各自钻进一个大皮球里，伸出脑袋和手脚，在舞台上东倒西歪地走来走去。从观众席上看去，就像三个大皮球在台上滚动。三个大皮球有两个白色的，一个红色的。

演员们喊着"嗨，嗨，嗨"的号子，时而倒立，时而翻跟斗。其中最有趣的，当数扮演大洋酒桶的演员。他躺在舞台上，不停地翻来滚去。演员们一会儿大吵大闹，一会儿相互厮打，然后就有人装模作样地倒在地上，嘴里"哎哟哎哟"地呻吟，夸张的表情和滑稽的动作着实让人捧腹。

第一轮排练完毕，扮演大洋酒桶的演员坐在一旁休息，其他演员和少年助手们则继续排练。四个演员各自站在东南西北四个方位，排练扔大皮球的节目。演员们"嗨哟"一声，将大皮球使劲儿扔出，对面的演员接过大皮球时，也还以"嗨哟"一声。三个大皮球在空中飞来飞去，让人眼花缭乱。大皮球不光在空中飞来飞去，还要在地上滚动，这时候，少年助手们必须缩起脑袋和手脚，让大皮球横着滚动。

这样的排练强度对这几个少年助手来说显然并不轻松，不一会儿，红色皮球里的少年助手大概受不了了，想要钻出大皮球休息一下。

"站住！"其中一个演员上前阻拦，不让他出来，还大声训斥了一番，"爬出来干什么？才训练了这么一会儿工夫，就吃不消了？这怎么能行！"

"累倒是不累，但是我看到了一个怪物。我们是不是稍稍停一下……"

"什么？你说你看到了怪物？"

演员不再阻拦，少年助手爬出大皮球，伸出右手指着前面："就在那个大酒桶里。那怪物不时把脑袋从酒桶盖孔里伸出来。"

四个排练抛球表演的演员顺着手指的方向看去，距离他们稍远的地方，那个大洋酒桶正横卧在那里。此时，扮演酒桶的演员正躺在桶里休息，脑袋和手脚都缩在桶里，远看就是一个大洋酒桶。

"你说有怪物？在哪里？"演员看了一会儿，没有发现可疑迹象，"不是什么也没有吗？你在空中随着皮球飞来飞去，肯定是看花了眼。那酒桶里不就丈吉一个人吗？"

"不，我确实看见了。"

少年助手坚持自己没有看错，于是，演员们又将目光移向大洋酒桶。这时候，大洋酒桶站了起来，从里面探出一张脸来。演员们不由得惊呼出声，一个个目瞪口呆。很快，那张脸又缩了回去。

虽然只有短短的一瞬间，但大家看得清清楚楚，那是一张骷髅脸！两只黑窟窿般的眼睛，鼻子的位置只有一个三角形的黑窟窿，没有嘴唇，两排白森森牙齿裸露在外——酒桶里的家伙不是丈吉，而是骷髅怪人。

"喂，大家一起上！"其中一个演员招呼道，踮起脚尖带头摸向酒桶。其他三个演员也随即轻手轻脚地跟了上去。

四个演员围着酒桶战战兢兢地上下打量，突然，大洋酒桶横着倒在了地上。

大家被这突如其来的变故吓了一跳，还没来得及做出反应，只见酒桶里蹦出一个穿一身红色紧身衣裤的男人，低着头狂奔起来。那家伙长着骷髅般的脸，跑得飞快。

　　原来，骷髅怪人化装成演员丈吉，骗过了马戏团的四个演员。

老鼠戏猫

　　一身红衣的骷髅怪人跑到舞台边缘，一个鱼跃，跳到了悬挂在舞台半空中的长圆木上。这根竖着悬挂在舞台半空的圆木表面每隔三十厘米就钉有一块木板，骷髅怪人就踩着这些木板，朝圆木顶端爬去，一直爬到大帐篷顶上固定秋千的横木上。他站在横木上，看着脚下发出了"嘿嘿……"的怪笑。

　　演员们毕竟不是杂技演员，身体没有那么灵巧，无法沿着圆木向上攀爬，只好去找那些表演空中杂技的演员。

"喂，三太、六郎、吉士，你们都快过来！骷髅怪人爬到固定秋千的横木上去了，你们快去把他抓住。"一个演员大声招呼道。

表演空中杂技的演员们听到喊声立即跑出后台，朝舞台方向飞奔。

"瞧，他站在秋千上面的横木上。"

"喂，快下来！等我们爬上去，有你好看的！"空中杂技高手吉士向横木上的怪物喊话。

很快就有了回复，但不是说话声，而是"叽叽，叽叽……"的鸟叫声。

"好，我来给你一点厉害尝尝！"

吉士向两个同伴打了一个手势，一个箭步高高跃起，抓住竖着悬挂在舞台半空的圆木向上攀爬。真不愧是马戏团里的空中杂技高手，一眨眼的工夫已经爬到了横木上。就在他要抓住骷髅怪人的时候，那家伙猛地跃向空中，翻了一个跟斗，跳到了秋千上。

在场的众人对此无计可施，他们没有练习过高空秋千，奈何不了骷髅怪人。只见骷髅怪人抓紧秋千两边的绳索，不断加力，秋千越荡越高，眼看就要触及帐篷顶了。

忽然，大家看到横木上有一个男人像蛇那样爬行着，那是空中杂技高手吉士。当接近秋千时，只见他两脚倒挂在横木上，双手抓住秋千两侧的绳索，将秋千向上拽起。

于是，秋千的重心和方向变得凌乱起来。如果再这么继续下去，骷髅怪人很有可能失去重心摔下去。

出乎意料的是，骷髅怪人比猴子还要灵巧。察觉到上面有人拽绳索后，一个漂亮舒展的鱼跃，离开了被拽起的秋千。紧接着，一团艳红在空中翻腾。站在下面抬头仰望的演员们不禁惊呼起来，只见飞身离开秋千的骷髅怪人直直坠向地面。演员们慌张起来，一旦坠落，骷髅怪人必然丧命。

"叽叽，叽叽……"

帐篷顶上又传来了奇怪的鸟叫。与此同时，骷髅怪人向上跃起，朝距离秋千五米左右的竖圆木上飞去。

演员们一个个瞪大了眼睛，不住地惊呼。

横木和竖圆木上热闹起来，骷髅怪人与空中杂技高手们玩起了老鼠戏猫的游戏。老鼠是一身红衣的骷髅怪人，猫则是空中杂技高手们。老鼠闪转腾挪，每每在千钧一发之际堪堪避开，猫则被戏耍得疲于奔命，总是扑空。

不一会儿，两只大猫将老鼠逼到了一根单独的横木上，一前一后形成了夹击之势，这下子，骷髅怪人终于插翅难逃了。

吉士猛地向前伸出手，另一侧的杂技高手也同时发难，就在这时，只见骷髅怪人直直向下坠落，难道他自知无路可逃，选择了自杀？

当然不是。一身红衣的骷髅怪人竟然悬浮在了空中。这究竟是怎么回事？原来，骷髅怪人随身带有一根很长的细绳，细绳一端的铁钩牢牢地挂住了上面的横木。他双手抓住细绳，一溜烟地向下滑去。

吉士趴在横木上，双手抓住细绳往上提。可这时，抓着细绳下滑的骷髅怪人距离地面只有两米左右了，只见他手一松，离开了细绳。双脚刚一落地，便朝大帐篷后门狂奔起来。

演员们一时反应不及，过了好一会儿才如梦初醒似的追了上去。三个空中杂技演员则赶紧沿着骷髅怪人留下的细绳滑到地面，追了上去。但当他们追到后门时，骷髅怪人早已不知去向。

秋千上的恶作剧

三天后，怪事又发生了。

大白天里，马戏团大帐篷里人山人海，正在表演的是空中杂技，左侧的秋千上是吉士，右侧的秋千上是颇有人气的晴美。他俩用小腿倒挂在秋千上，头下脚上地在空中荡来荡去。

两人不断顺势发力，秋千荡起的幅度越来越大，吉士见时机成熟，轻喝一声，发出信号，晴美也以一声轻喝作为回应，然后双腿离开秋千，借着惯性，整个身体跃向空中。

观众席上一片惊呼，大家一个个伸长了脖子，抬头看向空中，都为晴美捏着一把冷汗。

只见吉士倒挂在秋千上向晴美荡去，同时伸出双手，等待晴美的双手。只要她抓住吉士的手，演出也就成功了。

突然，晴美歇斯底里地惊叫起来。

她一边在空中飞舞，一边看向自己的搭档。原以为自己的搭档是吉士，可仔细一看——是骷髅！

骷髅怪人伸出双手，朝晴美扑来。

晴美受到突如其来的惊吓，不敢去抓骷髅怪人的手。随着"啊——"的惊叫声，她从空中直直坠向地面。

观众席上一片哗然，惊呼不断。

若不迅速采取措施，晴美必死无疑。

就在距离地面两米左右的时候，晴美突然又弹向了半空，然后再落下，反复几次，弹起的高度越来越小，终于停在了半空。原来，那里有一张大安全网。晴美摔在安全网里，可谓有惊无险。她费了好大劲儿从网里爬起来，一跳一跳地跳到安全网的边缘，随后一个翻身，跳到了地上。

马戏团的演员们从四面八方围上去，抱起晴美朝后台跑去。

"我没有受伤，快放下我，你们还是快去抓那个，那个……"晴美指着秋千。

大家抬头向上看去，化装成吉士的骷髅怪人早已下落不明，只有空空如也的秋千在空中荡来荡去。

"明明是吉士，怎么一下子就变成了骷髅？真把我吓坏了……"

地面上的人根本不清楚上边到底发生了什么，只是对晴美反常的失误百思不得其解。

"喂，大家快看，吉士爬到帐篷外边去了。"一个马戏团演员一边喊一边朝这里跑来。

只见吉士沿着秋千绳索爬到了帐篷顶端的横木上，又撑开帆布的交汇处爬到了帐篷外。

"吉士绝不可能这样肆意妄为，那家伙一定就是上回出现在包厢里的骷髅怪人。"

大家议论纷纷。

杂技演员们纷纷爬上去追捕，可化装成吉士的骷髅怪人早已不知去向。

"那家伙要真是骷髅怪人，吉士又在哪里呢？"众演员围在一起，议论着吉士的下落，"快分散开到处找找。"

一番搜索之后，大家终于在大客车最里面的角落，找到了躺在地上的吉士。他被绑了个结结实实，嘴里还塞着毛巾。

被救下之后，吉士向大家讲述了事情的经过。

"我刚上车准备化妆，冷不防有人从背后捂住了我的脸，一股怪味直冲脑门，然后我就什么都不知道了。现在，我好像刚刚醒来似的。"

肯定是骷髅怪人用浸满麻醉药的毛巾迷倒了吉士，把他五花大绑，随后换上吉士的服装，爬到秋千上吓唬晴美。

想必骷髅怪人也很清楚，表演高空杂技的时候一定会设置安全网，晴美即便受惊从高空坠落也不会受伤。既然如此，他又为什么要大费周章地搞这种恶作剧呢？难道仅仅是为了吓唬晴美吗？大家实在搞不明白骷髅怪人的真正目的。

窗 外

当天晚上八点左右，笠原团长的两个孩子在团长专用的大客车里等着爸爸。马戏表演已经结束好长时间了，可爸爸还没有回来。

哥哥叫笠原正一，是小学六年级学生；妹妹叫笠原美代子，是小学三年级学生。他们平时并不参加马戏训练，只是专心致志地读书。但自小在这种环境中成长，耳濡目染，他俩也多少会一点儿杂技和魔术。

马戏团是巡回演出，足迹遍及全国各地，因此两人总是在不断地转学，在一所学校待的时间最长也不会超过三个月，最短则只有一个月。正一和美代子早已习惯这样的生活，从来没有抱怨和牢骚，但他们毕竟还是希望能够尽可能地在一个学校多待些时间。

妈妈三年前去世了，爸爸既要忙于工作，又要照顾他俩，非常操劳。

这次在东京演出，至少要停留三个多月，兄妹俩可高兴了。

在学校里，笠原正一分到了少年侦探野吕一平的班上，他俩很快就成了好朋友。

马戏团骷髅怪人案发生后，笠原正一与少年侦探团之间的关系更加紧密了。

团长专用的大客车里，放有两张床以及正一兄妹俩的写字台。写字台正前方挂着一面镜子，笠原团长有时也会把写字台用作梳妆台。镜子上面有一扇小窗户，可一到晚上，即便打开车厢里的吸顶灯，灯光也很昏暗。

正一和美代子躺在床上，一边聊天一边等着爸爸。美代子无意间侧过脸，视线划过写字台上的小窗户。忽然，她好像发现了什么，紧紧抱住哥哥的腰，全身瑟瑟发抖。

见妹妹突然吓成这样，正一作为哥哥，尽管害怕，还是鼓起勇气看向窗外。

窗外一片漆黑，黑暗中飘浮着一个白乎乎的东西，在窗边时隐时现。终于，那东西贴在了窗户上，正一看清楚了——啊！是骷髅！

是那个骷髅怪人来了！

兄妹俩吓得抱成一团，连连后退，躲到了大客车的角落里。

骷髅怪人把脸贴在窗玻璃上，朝车里窥视。两个圆圆的黑窟窿下，鼻子的位置是三角形的黑窟窿，两排白森森的牙齿裸露在外，一张一合，似乎在笑。

正一和美代子被吓坏了，直愣愣地盯着窗外，一句话也说不出来。

突然，骷髅不见了。是离开了，还是要绕到门口闯进来？兄妹俩越想越害怕，冷汗直流，心跳加速。

果然，车外传来"咚，咚，咚"的脚步声，一定是骷髅怪人。声音变了，不是踩在地上，而是踩在大客车车厢门台阶上发出的声音。此时此刻，正一和美代子的脑子里一片空白，听着由远及近的脚步声，紧张得眼看就要背过气去。

突然，黑暗中传来转动门把手的声音，随即，门"吱"地一声开了，黑暗里出现了一个高大的影子。

"你俩在干什么？"

进屋的不是骷髅怪人，而是爸爸笠原太郎。

正一和美代子见爸爸终于回来了，忍不住"哇"地大哭起来，连滚带爬地扑到爸爸的怀里，全身仍不停地打着哆嗦。兄妹俩结结巴巴、语无伦次，向爸爸诉说刚才窗外出现的可怕情景。

"什么？骷髅怪人出现在窗外？"

笠原团长冲到车外，刺耳的哨声划破了漆黑的夜空。他集合马戏团全部成员，打着手电在大客车周围展开搜索，但什么线索都没有找到，大家只得悻悻而归，返回各自的大客车里休息。

暗 门

　　骷髅怪人为什么要几次三番地干扰马戏团演出呢？他究竟有什么目的？

　　"马戏团闹鬼"的消息不胫而走，闹得满城风雨，观众越来越少。笠原团长终于不堪其扰，报警要求警方处理此事。

　　警方此前就对马戏团闹鬼早有耳闻，接到笠原团长的报警后，立即派出大批警察，对大帐篷内外及周边地区展开大规模搜查，结果一无所获。

　　正一总觉得自己和妹妹的周围有骷髅怪人的影子，吃饭睡觉都在想这件事。在学校里，他把自己的这种感觉向好朋友野吕倾诉。野吕感到情况严重，立即向少年侦探团的小林团长报告。经过讨论，少年侦探团决定协助警方侦破此案。

警方负责这起案件的专案组组长是警视厅的中村警部，他是明智大侦探和小林的老熟人了，曾多次合作，成功地侦破了多起大案。少年侦探团主动请缨，中村警部欣然应允。

"原来野吕和笠原团长的儿子正一是好朋友。这样吧，傍晚以后的布控任务就拜托少年侦探团了。虽说我们也不会放松，但这么多警察，毕竟太显眼了。你们就方便多了，不会引起太多关注，容易收到意想不到的效果。再说你们的侦查本领，我早就领教过了。不过太晚也不行，你们的父母会担心的。你们每天的布控时间最晚不要超过晚上八点。八点之后还是由我们警方负责。一旦发现可疑的家伙，立刻吹哨子通知我们。你们还是孩子，又赤手空拳，不要跟歹徒硬碰。明白了吗？"中村警部再三关照。

小林从团员中挑选了六个身强力壮的高大少

年，征得父母同意后，组成突击队，由小林亲自任队长。

正一兄妹发觉骷髅怪人的第二天，小林一放学就带领六个少年侦探赶到团长专用的大客车周围布控。团长专用的大客车周围，野草和小树丛生，还有许多马戏团的大客车停在附近，十分便于隐藏身形。少年侦探们有的躲在小树后，有的趴在车底，有的隐蔽在齐腰高的草丛里，还有的藏在大客车车厢门前的台阶后面。

夜幕降临，附近的大帐篷里灯火辉煌。伴随着欢快的音乐，今晚的表演迎来了最后的节目——空中杂技表演。

小林隐蔽在大客车车厢门的台阶后，警惕地注视着周围。大客车里，正一兄妹俩正在写字台前做作业。

大概半小时后，大帐篷里的灯光逐渐暗淡下来，今天的表演结束了。帐篷周围热闹起来，观众们意犹未尽地讨论着精彩的表演各自离开，杂沓的脚步声和高高低低的说笑声让整个营地一阵嘈杂。

又过了一会儿，演员们和工作人员开始走出帐篷，朝各自的大客车走去。正一的爸爸、马戏团的笠原团长也走出帐篷，朝自己专用的大客车走去。

他当然知道少年侦探团正在执行警方交给的布控任务。当跨上车厢门台阶时，他发现了埋伏在台阶后的小林："为了正一和美代子的安全，辛苦你们了。我实在是感激不尽。不过今天已经很晚了，我看你们还是早些回家吧。周围有警察巡逻，不会有问题的。"

"好，我们这就回去。"小林答道。

可是笠原团长走进大客车很长一段时间之后，小林还是没有挪动脚步。虽说中村警部只允许少年侦探团布控到晚上八点，但少年侦探们还是决定坚持布控。

周围静悄悄的，大帐篷里的灯都已经熄了。这里毕竟位于市郊，跟繁华的商业街不能比，晚上八点已经有了夜深人静的感觉。

七个少年一动不动地埋伏着，时间似乎过得非常缓慢。

终于，夜光表的指针指向了八点三十分。正当小林打算集合队伍时，大客车里突然传出一声凄厉的惨叫。车门被从里面猛然推开，两个矮小的身影连滚带爬地冲了出来，正是正一兄妹俩。

小林急忙站起身，上前扶起他俩问道："发生什么事了？"

"骷髅怪人在大客车里。我见他朝我们扑过来，一把拉起美代子就往外跑，幸亏我们平时跟着爸爸也练了一点杂技，否则……"正一的声音都在颤抖。

小林一直就在车厢门外蹲守，骷髅怪人不可能从他眼皮子底下溜进大客车，但正一却说骷髅怪人在车厢里，这究竟是怎么回事？

小林立即吹响哨子通知警官，听到哨声，五名警官马上赶来了。

"骷髅怪人在大客车里，快抓住他！"小林喊道。

"好！"警官们踏上台阶，敲打着车厢门，"喂，开门！开门！"

不知什么时候，门内侧被上了锁。警官们使劲儿推，却怎么也推不开。

　　大客车里不光有骷髅怪人，还有笠原团长，他现在的情况十分危险。

　　突然，大客车里传出一声惨叫，好像什么人倒在了地上，随后是一阵稀里哗啦的声响，应该是什么东西被推到了地上。笠原团长大概正在与骷髅怪人搏斗吧？声音越来越响，大客车开始摇晃起来。

　　"快！快把窗户打破！"其中一名警官叫道。

　　"好，我爬到你的肩膀上，把玻璃砸碎。"说这话的是少年侦探井上一郎。

　　"好！你快骑到我的肩膀上！"警官蹲下身去，小心翼翼地把井上架到窗前。

　　井上用匕首的木柄使劲敲打窗玻璃，只敲打了几下，就听"咣当"一声，玻璃碎了。他把手伸进去拔开插销，打开了窗户。

　　里面没有灯光，搏斗好像已经结束了，车厢里一片寂静。

　　"笠原叔叔，您还好吧？"井上大声喊道。

黑暗中传来痛苦的呻吟声。

不好，笠原团长好像被打得不轻，骷髅怪人肯定还躲在暗处。

正在这时候，大客车里好像有影子在晃动，窸窸窣窣的。

"快开灯！快开灯！"

好像是笠原团长的声音。

"给我手电！"井上说道。

警官立即把手电递上去，井上打开手电，在大客车里搜索。

光束里出现了仰面倒在地上的笠原团长。看到从窗口射来的亮光，笠原团长满脸惊愕，摇摇晃晃地站了起来。只见他狼狈不堪，睡衣被揉搓得皱皱巴巴，还有许多撕坏的破洞，脸上和手上都在渗血，还好应该都是皮外伤。

笠原团长顾不得伤势，迎着光束快步走到窗口，说道："快，把手电给我！"

井上急忙把手电递给他。

笠原团长打着手电在大客车里照来照去。

"真不可思议，怎么连影子也不见了。"

"是骷髅怪人逃走了？"井上问道。

"嗯，到处都找不到他，肯定是溜走了。"

车外的警官听到笠原团长的话大声说："笠原团长，无论如何，还是请您快把门打开！"

笠原团长步履蹒跚地走到门边把门打开，警官们迫不及待地打着手电冲进了车厢。他们仔细地搜查了一遍，结果跟笠原团长一样一无所获。

笠原团长一边擦着脸上的血迹一边解释："我倒在床上迷迷糊糊睡着了。突然，喉咙被人掐住了。我睁眼一看，就是那个怪物。我挣脱后跳到地上，跟他扭打起来。我自恃身手敏捷，没想到还不是他的对手，很快被他推到了角落里。我原想伺机反击，没想到那家伙也支持不住了，蹲在地上直喘粗气，怎么也站不起来。我见机不可失，使出全身力气猛扑上去，把他压在了身下。可没想到，那家伙就像泄了气的皮球，越缩越小，一眨眼的工夫就消失得无影无踪了，简直匪夷所思……"

警官们听完笠原团长的叙述，面面相觑，哑口无言。难道这个骷髅怪人真的会什么诡异的魔法？

"快看这里。"拿着手电在车厢里搜索的井上大喊。

警官们围了过去，顺着井上手指的方向看去，只见一块大约六十厘米见方的木地板好像跟周围的地板不太一样。

"我用脚踩了踩，好像是道暗门。你们看。"井上说着又用力踩下去，那块地板的一侧一下就塌陷了下去。

"是有弹簧装置的隐蔽洞口！那家伙肯定从这里逃走了。"

诡异的信

警官们和少年侦探们打着手电在大客车周围仔细搜查，但骷髅怪人早已逃之夭夭。大家只好返回大客车，只留下小林和井上继续巡逻。

"我还是不明白，骷髅怪人肯定是从那道暗门进入车厢的，可后来呢？"小林沉思片刻，压低嗓门说。

"后来？"井上反问道。

"他是怎么逃走的呢？如果从那道暗门逃走，必须在大客车底下通过。"

"嗯，应该是那样的。"

"我一直就在车厢门台阶后面，车底一览无余，可我根本就没有见着骷髅怪人的影子。"

"哦……"

"你骑在警官肩膀上砸破玻璃之前，我一直都在那里。"

"怪不得我当时一直没看到你。"

"我在布控前就想过，车底下最好安排一个人。如果骷髅怪人从那道暗门爬出车厢，不可能躲过我。"

"难道那家伙会隐身术？"

"也许吧，或者根本就没那回事。等我回家请教明智先生，真相就可大白。可一想到骷髅怪人的真面目，我就有点害怕。"

小林向来勇敢，从来没有说过害怕。井上见团长说害怕，也不由得忐忑不安起来，直愣愣地看着小林。

突然，两人眼前一花，黑暗中的马戏团帐篷犹如巨大的白色手帕飘荡起来，从下面钻出一个灰色的庞然大物，距离他俩只有不到三十米，而且正向他俩靠近。

小林和井上两人呆若木鸡，怎么也迈不开麻木的双腿。庞然大物离他俩只有十五米了。

"是大象！马戏团的大象！"小林率先看出了端倪。

确实是马戏团的大象。大象一旦袭击他俩，不管是踩踏过去，还是用长鼻子把他俩卷到空中，后果都不堪设想。

两个人拔脚就跑。

"嘿嘿嘿……"令人毛骨悚然的笑声，不知从哪里飘了过来。

他俩一边逃跑，一边回头看，大象背上好像有什么东西在晃动——是骷髅怪人，骷髅怪人在笑。

这次骷髅怪人没有穿着风衣和西装，而是赤裸裸地站在大象背上，一副白森森的骨架在漆黑的夜色里分外醒目，随着大象的脚步晃来晃去。

那家伙不光脸，全身都只剩下骨头，是一具完整的骷髅。

小林和井上两人惊恐万状，可大象根本就没有看少年一眼，继续不紧不慢地朝前走着。

"我明白了，那家伙肯定穿着一身黑衣，然后在上面用荧光材料画上骷髅。"

"是人化装的？"

"是的，不过化装的人比真正的骷髅还要可怕。"

"嘿嘿嘿……"

大象背上的骷髅怪人又发出怪笑。笑声未落，一个白色的东西朝小林扔来。是信封，白色的信封划过一道弧线，飘落在少年身前。

小林和井上捡起信封的时候，大象已经渐渐远去，巨大的身影被黑暗吞噬，消失得无影无踪。

两人才如梦初醒，站在黑暗里面面相觑。

"帐篷里还有两名警官，我们快去那里把情况告诉他们。"

两人来不及拆看信封里的东西，急忙朝大帐篷入口处跑去。

帐篷里有一个用黑色呢绒幕布隔开的小房间，两名警官正坐在椅子上聊天。

两人走进小房间，把刚才的情况详细叙述了一遍，随后递上信封。

警官拆开信封，信是这样写的：

再过几天，你将亲手杀害自己的一对儿女。

这是你命中注定的，无论如何，你都无法控制自己。

警官看完信大吃一惊："我马上报告警视厅，你快把这封信让笠原团长本人看一下。"

一名警官快步走出小房间，给警视厅打电话。另一名警官则带着两人，匆匆赶往笠原团长专用的大客车。

笠原团长的手上系着白色绷带，正躺在床上休息，见警官进来，赶紧从床上挣扎着爬起来。他念完恐吓信，面如土色。

"请立即把这一带包围起来，务必抓住骷髅怪人！那家伙如果真的站在大象背上出逃，应该还没跑远。我这就去检查一下象舍。驯象师是吉村，正在大客车里值班。我真不明白，大象怎么会被骷髅怪人牵出来。"

笠原团长带着警官和两人直奔象舍，只见驯象师吉村倒在地上，身上五花大绑，嘴里塞着毛巾。大象已经回到了象舍，但因为吉村的眼睛也被蒙住了，根本不清楚被牵出的大象是什么时候返回的。

难道是骷髅怪人把大象牵回来之后才逃走的？他留下的这封信又是什么意思呢？

小林觉得信上的预言太过离谱，但不祥的预感始终在心头挥之不去。

奇怪的地毯

笠原团长决定，暂时住到远离帐篷的别墅里。不管怎么说，别墅比大客车要安全得多。

世田谷区有一栋空着的别墅，笠原团长将其租下，带着两个孩子搬了进去。他白天驾车去马戏团的大帐篷上班，晚上回别墅睡觉。

虽说笠原团长与两个孩子以及保姆住在一起，但他还是觉得不放心，又从马戏团里挑选了三个身强力壮的青年，让他们也住到别墅里，三个人不分昼夜，轮流值班，在正一兄妹俩的房间周围巡逻。

搬进别墅的第二天上午，笠原团长正准备出门去马戏团上班，电话响了起来。他接起电话，听筒里传来嘶哑的声音："嘻嘻嘻……比起大客车，别墅要安全得多。哈哈哈……可别以为这样就可以高枕无忧了。对我来说，什么样的别墅都可以轻而易举地潜入。嘻嘻嘻……亲手杀死你自己的孩子，那是命中注定，不是搬家就可以逃避的。哈哈哈……"

笑声未落，电话"咔嚓"被对方挂断了。

笠原团长脸色铁青，赶紧跑到二楼正一兄妹俩的房间。门口坐着一个马戏团值班的青年。

"刚才骷髅怪人打来电话，他已经知道我们搬到了这里。一定要提高警惕。孩子们不要紧吧？"

"放心吧，窗外有防盗铁栅栏，我就守在这里。听，正一和美代子正在唱歌呢。"

"嗯，太好了。"笠原团长推开房门看了看，放心地点点头，"我现在去马戏团上班，家里就全部拜托你们了。"

"您放心吧，有我们在这里，绝对不会出现意外的。"

笠原团长走了。

马戏团每天的演出要到晚上才能结束，作为团长的笠原太郎，演出结束后才能回家。

下午四点，别墅门前驶来一辆卡车，两个装卸工从车上卸下一大捆地毯，抬在肩上朝大门走来。

按响门铃后，马戏团的一个青年开门刚要询问，两人不由分说，抬着地毯直往玄关里闯。

"站住！"

"怎么，这里不是笠原团长的新居吗？是地毯商店叫我们送来的。"

"什么？哪家地毯商店？你们搬的这是什么？"

"当然是地毯，笠原团长的新居要用的。"

这一大捆地毯有三米多长，水桶粗细。

青年满腹狐疑："团长没说过订什么地毯啊，会不会送错了？"

"不会错的，这条街上叫笠原太郎的就这一家。况且，也只有这家是刚搬来的，怎么会送错呢？"

"团长没吩咐让我们接收地毯，货款……"

"货款？订货的时候早就付了。那就这样，告辞了。"

两个男人将地毯放在玄关的地板上，告辞离去。

大概真的是笠原团长订的吧？就先放在这里，等晚上团长回来再说。

傍晚时分，正一、美代子以及马戏团的三个青年在餐厅里有说有笑地吃着晚饭。就在这时，玄关里，堆在墙角的地毯微微晃动起来。晃了一会儿，卷筒松了，从里面爬出一个黑影，一身黑色紧身衣裤，手戴黑色手套。黑影站起身来，瞧，又是那张恐怖的骷髅脸！

骷髅怪人一直藏在地毯里，耐心地等待夜幕的降临。像这样的隐蔽场所，简直妙不可言。

黑影悄无声息地潜入别墅，经过餐厅，窜入厨房。餐厅里那么多人，竟然谁也没有发现走廊上的动静。

骷髅怪人究竟想干什么？

正一失踪

晚上八点，笠原团长还没到家，正一和美代子已经上床睡了。此时，坐在兄妹俩房间门口值班的青年已经不是白天的那个。他努力瞪大眼睛想要保持警惕，却感觉眼皮越来越重。片刻之后，他终于支撑不住，耷拉着脑袋打起了瞌睡。又过了一会儿，他竟然从椅子上滑落到地上，打起鼾来。

与此同时，一楼餐厅里，另外两个青年原本正聊着天等团长回来，却突然感到一阵莫名的倦意，伸起了懒腰，一番挣扎之后也相继进入了梦乡。

厨房里，保姆刚洗刷完餐具，转眼间也莫名其妙地打起了呼噜。

别墅理所有的人都睡了。这到底是怎么回事？

晚饭后，大人们各自喝了一杯热咖啡。今天的咖啡好像格外苦涩。难道是咖啡里被掺进了安眠药之类的东西？如果真是这样，那肯定是骷髅怪人干的。

卧室里，美代子已经睡了，可正一提心吊胆，辗转反侧，怎么也睡不着，一想到那个骷髅怪人，全身就会瑟瑟发抖。

虽说门外有人值班守卫，窗外有防盗铁栅栏，可正一还是不敢闭上眼睛。

突然，门外传来"咯噔，咯噔"的脚步声。正一屏住呼吸，竖起耳朵，"咯噔，咯噔，咯噔……"对，是爸爸的皮鞋声。

"正一，是爸爸回来了，快开门。"

声音从门外传来，正一总觉得爸爸的声音特别嘶哑，大概是连日来过度操劳所致吧。他赶紧跳下床跑到门口，拔开保险销，打开了房门。正一十分小心谨慎，睡觉前还挂上了保险销。

门开了，但站在门外的不是他所盼望的爸爸，而是令他毛骨悚然的骷髅怪人。

正一"啊"地惊叫一声，转身就跑。可骷髅怪人一把抓住了他。正一拼命挣扎，却无济于事。骷髅怪人迅速掏出一个大手帕，蒙住了正一的鼻孔和嘴巴。只一会儿，正一就停止挣扎，昏死了过去。

黑暗里，骷髅怪人又发出了令人脊背发寒的古怪笑声。

正一昏迷后，骷髅怪人掏出包袱布将他裹住，又用绳子捆了个结实。床上的美代子睡得很熟，根本不知道房间里发生的一切。骷髅怪人动作利索，没有弄出一丝响声。

骷髅怪人把正一夹在腋下，不慌不忙地走下楼梯，来到玄关，把正一塞进了地毯卷筒里，再把卷筒恢复原来模样，然后取出万能钥匙，打开房门，走出别墅后又把房门锁好，消失在了夜色里。

大概又过了半个小时，笠原团长从马戏团回到家。他在玄关按了一下门铃，没有人开门。他又一连按了好几下，还是没有人应声。别墅里静悄悄的，一点动静都没有。

笠原团长担心起来，难道骷髅怪人已经来了？正一和美代子不会出什么事了吧？他连忙掏出钥匙打开大门，连鞋都没换就冲了进去，一边跑一边喊着马戏团三个青年的名字。

一进餐厅，笠原团长惊呆了，只见马戏团的两个青年不省人事，那个忠实的保姆则躺在厨房地上呼呼大睡。

笠原团长顾不得他们，立即跑到二楼兄妹二人的房间，然后就看到了倒在门前的另一个青年。

笠原团长破门而入，发现美代子正在熟睡，而正一已不知去向。

"美代子，美代子，快醒醒！你哥哥上哪儿去了？"

美代子吃惊地睁开眼睛，她不清楚房间里发生了什么，一脸茫然，不知怎么回答才好。但看到爸爸焦急的样子，又发现哥哥不见了，伤心地号啕大哭起来。

美代子一问三不知，笠原团长又冲到走廊上使劲摇晃熟睡的青年，直呼他的名字。青年终于抬起睡眼惺忪的脸，茫然地看着笠原团长。

"喂，正一不见了！你这家伙到底值的什么班？"

"啊……笠原团长……我这是怎么了？我怎么会睡着的？团长，正一不见了？"

"不光你，其他几个人也都在餐厅和厨房里睡得死死的。到底发生什么事了？"

笠原团长心急如焚。

"……嗯……呃……是这么回事。"

男人语无伦次。

"你说什么？你说的这么回事，到底是什么意思？"

"是安眠药。咖啡里被掺入了安眠药，一定是这样，怪不得格外苦涩。"

"安眠药？谁放的？"

"不知道。咖啡是保姆端来的。可能有人趁保姆不在厨房的时候，把安眠药掺进了咖啡里。"

"有人？怎么可能有人？大门不是锁着吗？难

道有人潜入了别墅？"

"大门肯定上锁了，大家都能作证。按理说不可能有人潜进来的。"

"既然没有人可以进来，那安眠药是怎么掺到咖啡里的？正一又去哪儿了？你现在马上叫醒大家，都去找正一！"

大家被叫醒后，揉着眼睛里里外外地寻找，却没有发现正一的影子。

第二天早上，昨天那家搬运公司的两个装卸工人又来到笠原家，说什么"昨天地毯送错了"，抬起地毯就走，搬到了停在路边的卡车上。

笠原团长记不得什么时候订了地毯，而且家里已经乱成了一团，哪还有心思管什么地毯，于是想也没想就让工人把地毯搬走了。但万万没有想到，正一就在这被裹得结结实实的地毯里。

骷髅怪人绑架了正一，但那封恐吓信上说，正一将遭到亲生父亲的杀害，难道真会发生此等惨剧吗？

枪下救人

明智侦探事务所的书房里，大侦探明智小五郎正与小林谈论笠原正一失踪的案件。

当时在正一家值班的三个青年和保姆都因为喝了掺有安眠药的咖啡沉睡不醒。就在这个时候，正一遭到了绑架。整个案件没有目击证人，但不用说，罪犯就是那个骷髅怪人。

只要明智大侦探出马，所有的难题都会迎刃而解。小林热切地望着先生，希望从先生脸上找到答案。

"那家伙在信上说，会让笠原团长亲手杀害

正一？"

"是啊，那家伙太残忍了。"

明智思索片刻，忽然好像想到了什么，问小林："笠原团长搬到别墅去的时候，有什么行李是先搬进别墅，然后又从别墅搬走的？"

听先生这么一说，小林的眼睛亮了起来："在正一家值班的青年说，昨天有一家搬运公司送来一大卷地毯，说笠原团长已经付了货款。可两个装卸工今天一大早又来了，说什么送错了，又把地毯搬走了。'"

"你看见那地毯了吗？"

"我到别墅时，搬运公司的卡车刚走不久。"

明智立即拨通了笠原团长家的电话。

"我是明智小五郎，笠原团长在家吗？怎么？已经出门了？您是哪位？是马戏团派到笠原团长家值班的先生？我刚才听小林说，昨天有一家搬运公司送了地毯来。您看到那地毯了吗？是您接待的，地毯是卷起来的。我想知道地毯的长度与大概的直径。三米左右。直径呢？五十厘米左右。那么粗？是铺三个房间的用量。明白了。还有，笠原团长是什么时候出门的？刚刚出门？他是去马戏团了吗？什么？不是去那里。那他去哪里了？靶场？什么？练习实弹射击？哪个靶场？世田谷区岛山町，哦，就是芦花公园对面的那家，全名是岛山靶场。那儿的电话号码，能否告诉我？好，谢谢。"

明智随即拨通了靶场的电话。

"是岛山靶场吗？请问马戏团的笠原团长在吗？他还没到？今天一共有多少人练习实弹射击？一共只有三个人，笠原团长是其中的一个。我明白了。我是私家侦探明智小五郎，现在马上开车去您那里，大概三十分钟就可以到达。在那之前，请不要让他们实弹射击。这很重要，人命关天，请您务必做到。一定要等我。"

明智再三叮嘱对方后，挂断了电话。

"先生，您要出门吗？"

小林听先生在电话里说得严肃，也不由得着急起来。

"嗯，快通知司机把车开来。你跟我一起去。也许是我多虑了，但不去核实一下，总是放心不下。说不定正一真的会死于笠原团长射出的子弹。"

"什么？那不就是骷髅怪人说的那样？"

"是的。所以，我们越快越好。你快去叫司机把车开到门口。"

笠原团长时常上台演出，练就了一套过硬的功夫。空中杂技、摩托车杂技，都是他的拿手绝活。他在实弹射击方面也小有名气，可以在五十米开外一枪射落助手嘴上叼着的香烟。为保持水准，笠原团长会定期上靶场练习。今天原本不是练习日，但正一的失踪让他莫名地焦躁，于是想借着打靶发泄一下情绪。

在此之前，他已经报警，又拜托小林代他请求大侦探明智小五郎出山。

岛山靶场周边，除一栋小型事务所大楼外都是树林。树林前设置有高高的防弹堤坝。堤坝前是白砂堆成的小山包。小山包上树着三个枪靶。笠原团长已经预定了中间的枪靶。

笠原团长从靶场取来手枪，来到射击台前装填好子弹，摆开了射击的架势。

只见靶场老板火急火燎地向他跑来，挥舞着双手大喊："等一等，不要开枪，等一等！"

"出什么事了？为什么要等一等？"笠原团长不解地问。

"请稍等片刻，实在对不起。只要等十分钟就可以，请到我的办公室休息一会儿。"

"让我等十分钟可以，但您必须说明一下理由。"

"二十分钟前，我接到一个电话，说三十分钟后就可到达这里，所以现在，还有十分钟。他再三关照，在他到达之前不允许任何人开枪。"

"哦，什么人这么大的口气？"

"是大侦探明智小五郎先生。他在电话里再三叮嘱，还说人命关天，一定要等他。"

"既然明智先生这么说了，那就等他来了再说吧。好，先到办公室休息一会儿。"

不一会儿，靶场门前驶来一辆轿车，是明智和小林来了。

靶场老板出门迎接，将两人请到了他的办公室。

小林为笠原团长和明智先生相互做了介绍。

"是明智先生吗？久仰，久仰。初次见面，请多多关照。我家里怪事不断，给小林和少年侦探团添了不少麻烦，实在抱歉。"笠原团长彬彬有礼地向明智打招呼。

"听小林说令郎失踪，您一定很着急吧？从今天起，我将尽一切力量找回正一。"

"太谢谢您了！有大侦探鼎力相助，我就放心了。您在电话里一再叮嘱，让我不要开枪，这是为什么？"

"可能是我多虑了，但我实在放心不下，还是调查一下为好。"

"您说要调查？"

"是的，调查这家射击场的枪靶。请哪位拿一把铁锹跟我去一下。"

靶场老板立即吩咐身边的工作人员取来铁锹。

明智带着工作人员，朝树有枪靶的白砂堆走去。小林、笠原团长、靶场老板以及另外两个练习射击的绅士都跟在后面。

到了枪靶前，明智吩咐工作人员，用铁锹挖中间一个枪靶后面隆起的砂土堆。

工作人员马上照办，刚挖了几下，就露出一捆东西来。

"小心，请把上面一层砂土轻轻捧走。"明智一边说，一边指着那个露出来的东西。

工作人员把铁锹放在边上，小心翼翼地捧走砂土。不一会儿，露出的物体越来越大。

"果然不出我所料，是地毯。来，请大家都来帮忙。"

大家齐心协力，地毯卷筒很快被挖了出来。

明智解开捆在地毯卷筒上的绳索，又将卷筒一层一层地摊开。

"啊！"

大家不约而同地惊呼出声，原来地毯卷筒中间躺着一个被五花大绑的少年。

"这不是正一吗！正一，正一，你快醒醒，快醒醒啊！"笠原团长手忙脚乱地解开绳索，又取下了塞在正一嘴里的大手帕，"正一，正一，你怎么样？快醒醒啊……"

正一慢慢苏醒过来，当他睁开双眼看到爸爸时，"哇"地大哭起来。

"正一，爸爸总算找到你了。没事了，没事了。不要怕，爸爸会保护好你的。"

正一身上没有什么伤痕，地毯卷筒毕竟不是密闭的，不影响正常呼吸。

"明智先生，太谢谢您了。要不是您，正一也许已经死在我的枪下了，真是让人后怕啊。明智先生，您是正一的救命恩人，托您和小林的福，正一才得以死里逃生。正一，快给先生鞠躬致谢。"

正一获救了，可大家还是抑制不住内心的恐惧。把正一塞进地毯卷筒里，再埋进笠原团长专用枪靶背后的砂土里，像这样丧心病狂的恶作剧，只有恶魔才干得出。

　　明智小五郎及时察觉恶魔的阴谋，从枪口下救
出了正一。

别墅鬼影

靶场事件之后，笠原团长住宅周围的戒备更加森严。除了马戏团的人，警视厅也派来大批警力，每班三名警官，昼夜巡逻。

人多了，厨房的工作量也增加了。除了原来的保姆，又雇用了一个小保姆。小保姆年仅十五六岁，长得十分可爱，聪明伶俐，工作特别卖力。可小保姆有个怪脾气，一到深更半夜就喜欢在别墅里走来走去。不过，她脚步很轻，走起路来就像只猫。

又过了五天。一天半夜里，小保姆又溜出卧

室，蹑手蹑脚地在二楼走廊溜达。在走廊转角处，她突然停下了脚步，因为她听到了一阵窸窸窣窣的声音。于是，她躲在转角后仔细辨别声音传出的方向。

这时候，昏暗的走廊上蹿出一个奇怪的影子。她原以为是巡逻的警官，但如果是警官，不可能那么鬼鬼祟祟。那家伙一身黑色紧身衣裤，往脸上看——是骷髅怪人！这家伙翻越围墙潜入别墅，目标肯定是正一和美代子。

小保姆暗自思忖，到底是喊大家来还是……突然，她昂起头攥紧拳头，终于下定了决心，只见她从转弯处猛地蹿出，叉开双腿拦在骷髅怪人前面。

突然出现的小姑娘让骷髅怪人大吃一惊。如果对方大声喊叫，引来警察可就麻烦了。骷髅怪人转身就跑，勇敢的小保姆奋不顾身地追了上去。

这小保姆到底是什么人？简直胆大包天！当骷髅怪人察觉身后的小保姆紧追不舍时，有些不知所措起来。他沿着走廊一路飞奔，打开左手边的一扇房门躲进了进去。

小保姆紧随其后来到房门前，一时间也不知如何是好。贸然推门进去，难保不会遭到伏击。她把眼睛凑到锁孔前，只能看到房间里的一部分，门背后好像也没有骷髅怪人的身影。她定了定神，试着转动把手，门轻轻地开了，里面空荡荡的。这是一个闲置的房间，只在角落里放着一张床。小保姆走到床边敲打了一下床垫，又弯腰检查了床底下，什么都没有。窗外装有防盗铁栅栏，房间里也没有壁橱之类的可以藏身的家具。她亲眼看着骷髅怪人逃进了这个房间，可现在却根本没有他的影子。

小保姆迅速跑到二楼楼梯口，打开手电下到后门，再从后门朝院子里跑去。骷髅怪人如果从二楼窗户逃走，肯定还在院子里。小保姆瞪大眼睛，环视院子。院子里也没有可疑的影子。即便那家伙身手敏捷，但至少院子里柔软的泥土上应该留有脚印，可小保姆在那个空房间窗下仔细搜索，连半个脚印也没找着。

笠原团长租住的别墅与左邻右舍相距很远，即便逃到屋顶上也无路可逃。不过，二楼空房与一楼房间之间的外墙上，有一块狭长的遮雨板，骷髅怪人很有可能爬出窗外，利用遮雨板逃跑。骷髅怪人会不会躲在遮雨板上？小保姆向后稍退几步，踮起脚尖朝遮雨板上张望——还是没有。尽管夜色深沉，但月光下有没有人还是可以看得一清二楚的。

看来，骷髅怪人肯定从遮雨板上直接跳到墙外逃走了，连脚印也没留下。

但骷髅怪人真能穿过窗外的防盗铁栅栏吗？而且院子里没有任何痕迹，难道他真能像幽灵那样在空中飘浮？

小保姆回到别墅里，向大家通报了这一情况。于是，别墅里热闹起来。三名警官立即来到二楼空房里调查取证——墙上、天花板上和地板上没有秘密出口，窗外的防盗铁栅栏也没有损坏的迹象。

大家打着手电在院子及围墙内外进行搜查，还是没有任何收获。

噩 梦

又过了一天，半夜里。

正一把自己的床搬到了爸爸的房间。妹妹美代子年龄还小，万一遭到绑架可就麻烦了。于是，笠原团长让她休学，暂住到台东区的亲戚家。

门外走廊上，三名警官和三个团员彻夜轮流值班，骷髅怪人即便变成苍蝇也休想钻进房间。退一万步讲，即便他能进入卧室，也不可能在笠原团长眼皮子底下夺走正一。

正一做了一个噩梦。

昏暗的天空里，黄豆大小的颗粒纷纷落下。渐渐的，落下的东西越来越大，越来越多，有乒乓球大小了，劈头盖脸地掉落在正一的脑袋上。正一定睛一看，是骷髅！几十个，几百个，简直不计其数。白森森的骷髅脸上，两个圆圆的黑窟窿下面是一个三角形的黑窟窿，没有嘴唇，白森森的牙齿全部暴露在外。

正一拼命逃跑，可无论怎么逃跑，还是躲不开"骷髅冰雹"。不管逃向哪里，骷髅冰雹依然铺天盖地，漫天飞舞。正一跑得上气不接下气，终于"扑通"一声摔倒在地上。骷髅冰雹噼里啪啦地砸在他的身上——已经有茶碗那么大了，而且还在不断变大，不一会儿就变成脸盆那么大了。

最大的一个骷髅挡住了正一的视线，与此同时，其他骷髅消失了。那个大骷髅来势汹汹，简直就像要把正一碾碎。

正一吓得魂飞魄散，声嘶力竭地狂叫起来。突然，骷髅张开白森森的大嘴，猛地咬住正一的肩膀。

"喂，正一，你怎么了？快醒醒。"笠原团长大声呼唤，"你是在做噩梦吧？"

正一肩膀上的不是骷髅，而是爸爸的手。

"啊，爸爸，我做了一个噩梦，把我吓出了一身冷汗。现在醒了，不要紧了。"

笠原团长推开卧室左侧的房门，走进了洗手间。

为了让爸爸放心，正一强装镇定，但其实他此时内心依然翻江倒海。继续睡觉，也许又会继续那个噩梦。于是，他使劲儿瞪大眼睛，努力不让自己睡去。

"爸爸在洗手间里怎么待了那么长时间？"

正一正觉得奇怪，就听洗手间里传来什么东西倒地的声音，同时还伴随着"哎哟，哎哟"的呻吟声。正一吓得赶紧把脑袋缩到被窝里，全身缩成一团。很快，洗手间里变得一点声音都没有了。

"出什么事了？刚才的声音会不会是爸爸摔倒了？"

正一提心吊胆地从被窝里探出脸来。

"啊！"

那不是爸爸……正一的心里"咯噔"一下，脑袋仿佛裂开似的，心一下子提到了嗓子眼。那家伙怎么会在卧室里？骷髅怪人出现在房间角落，正朝正一走来。

骷髅怪人一身黑色紧身衣裤，手戴黑色手套，脚穿黑色袜子。那张苍白的脸，仿佛刚从坟墓里爬出来。

正一想要从床上一跃而起，逃向门外，可怎么也使不出力气。自己仿佛变成了被蛇盯住的青蛙，只能眼睁睁地看着骷髅怪人步步逼近，连视线都不能从那张恐怖的怪脸上移开。

"嘻嘻嘻……你跑不了了，还是乖乖跟我走吧。"

骷髅怪人那张没有嘴唇的嘴"吧嗒吧嗒"地一开一合，声音干涩嘶哑。

接下来还会发生什么？正一已经无暇顾及那么多了。眼前的情景，似乎是刚才噩梦的延续。眼看骷髅怪人越来越近，终于，正一鼓足了全身的气力，"哇——"地发出了撕心裂肺的惨叫。他拳打脚踢，拼命阻挡，但骷髅怪人铁钳般的手腕还是猛地将他从床上拖到地上，将他压在身下。一条湿漉漉的毛巾随即捂住了正一的嘴巴。骷髅怪人又取来绳索，将正一绑得结结实实。处理完毕，骷髅怪人站起身来满意地看了看自己的战利品，随后弯下腰去，一把将正一挟在了腋下。

骷髅怪人要把正一带到什么地方去？他又准备怎么在这近乎密室的房间里脱身呢？

房门外的走廊上有警官和马戏团的人值守，窗外有防盗铁栅栏，根本是插翅难逃。

还有，洗手间里的笠原团长此时怎么样了呢？

怪人消失

正一的叫声惊动了门外走廊上值守的警官和马戏团的人。他们立即起身想要冲进屋里，可房门从里面上了锁，怎么也推不开。虽然有备用钥匙，但为防失窃，所有钥匙统一由笠原团长保管。此时，骷髅怪人出不来，外面的人也进不去。

"笠原团长，请把门打开！是谁在喊叫？出什么事了？"

警官大声喊话，却没有回音。

"难道……"

"刚才确实是正一的声音。不能再犹豫了，把门撞开吧！"

警官犹豫片刻，后退几步，使出全身力气朝门撞去。肩膀与房门的撞击发出了巨大的声响，可房门远比想象得结实。

二楼的喧哗惊动了楼下的警官和马戏团的另外两个成员，他们纷纷冲上楼梯，就连小保姆也赶来了。

幽灵般的骷髅怪人怎么会在卧室里？那家伙多半使用了什么诡异的魔术。

在警官们的轮番撞击之下，房门传出"吱吱咯咯"的响声，终于被撞开了，大家马上一拥而入。

"怎么没有人？"

卧室里空无一人，正一和笠原团长都不知到哪里去了。他俩各自床上的毛毯和被褥被翻得乱七八糟。床底下、衣橱里，所有能藏人的地方大家都没有放过，但什么也没有发现。

警官又打开窗户，调查窗外的防盗铁栅栏是否有撬开或锯断的痕迹。可防盗铁栅栏完好无损，没有遭到破坏的迹象。也就是说，骷髅怪人不可能从窗户爬出去。

小保姆站在房间角落仔细观察，同时竖起耳朵仔细辨听周围的动静。好像有什么可疑的声音，好像是人微弱的呻吟声从洗手间传来。

小保姆轻轻推开洗手间的门。

"啊！团长先生……"

"团长先生"是大家对笠原先生的称呼，即便家里人也都喜欢这样称呼他。

大家蜂拥而入。

笠原团长身穿睡衣，手脚被绑得严严实实，嘴里还塞上了毛巾，侧身躺在洗手间冰冷的地上。他的呻吟声是从塞在嘴巴里的毛巾缝隙里挤出来的。

大家七手八脚地为笠原团长解开绳索，取出塞在嘴里的毛巾。

"骷髅怪人呢？抓住他了吗？"笠原团长问道，视线在大家脸上逐个扫过。

"您说谁？刚才谁在这里？"警官问道。

"骷髅怪人啊。我刚进洗手间，那家伙就蹿到我身后冷不防把我抱住。我拼命挣脱，还是敌不过他。然后我就被他绑了起来，嘴里也被塞上了毛巾。正一呢？你们找到他了吗？骷髅怪人是来绑架正一的。正一怎么样了？他在哪里？”

“我们没找到正一，还有那个骷髅怪人也不见了。”

“这怎么可能！正一一直睡在我旁边的床上，我刚才听到了他的喊叫声，他和骷髅怪人应该都在这房间里，不可能消失的。房门上了锁，窗外有防盗铁栅栏，这房间里又没有秘密出口，他们怎么可能消失不见了？”

“我们也不明白。这两个人似乎像烟一样消失了。”警官满脸疑惑。

笠原团长也加入搜索的行列，大家分成若干小组，将别墅里里外外搜了个底朝天，别说骷髅怪人了，就连个可疑的脚印也没有发现。

防盗窗

正一与骷髅怪人失踪的第二天，当地警署成立了侦破骷髅怪人案件的专案组。中午过后，笠原团长和警官们离开别墅到专案组开会，别墅里一下子变得空荡荡的。

这时候，小保姆悄悄走上二楼，蹑手蹑脚地潜入正一失踪的房间。她仔细察看房间的每一个角落，尤其是窗外的防盗铁栅栏，查看了一遍又一遍。

她发现铁栅栏底端是靠两颗六角螺丝固定在窗户上的，上面没有电焊的痕迹，只要有一把扳手就可以拆开。

"这种'活动铁栅栏'，我还是第一次遇到。"

小保姆自言自语，又抬头仔细观察铁栅栏顶端的情况。

"我明白了！"

奇怪的是，这次竟然是男人的声音。难道这小保姆是男扮女装？

小保姆难掩兴奋，不知从哪里找来两把扳手，很快就卸下了铁栅栏底端的两颗六角螺丝，再用手轻轻往外一推，只见铁栅栏的下半部分向外翘起。原来，铁栅栏中间连接上半部分与下半部分之间的地方装有铰链。

再看铁栅栏左右两侧固定在墙上的四颗螺丝，螺栓都被锯断了，螺帽是用强力胶黏在铁管上的，不起任何固定作用。

"看来，这就是密室之谜的谜底了。"

小保姆嘴里念念有词。她又跑到隔壁空房间，调查窗外的铁栅栏。结果跟刚才的一样，只要卸下底端的螺丝，铁栅栏的下半部分就可以向外推开。

前天晚上，骷髅怪人就是卸下底端螺丝，推开铁栅栏钻了出去，然后再拧紧螺丝，把防盗窗恢复成原来的模样。随后，就藏身在二楼与一楼之间的外墙遮雨板上。大家在院子了搜索的时候，他又钻回到了房间里。

小保姆暗自思忖了好一会儿，还是有不解之处。突然，一个念头出现在他的脑海里。与其站在窗前看，倒不如爬到窗外看得清楚。尤其二楼与一楼之间的遮雨板，不实地看看的话，很难想清楚。

别墅外墙上，在二楼与一楼之间有一块狭长的遮雨板，大概有一米宽。

小保姆弓着腰，像只猫似的，沿着遮雨板朝隔壁卧室的窗外爬去。当他经过空房间与卧室之间的遮雨板时，发现了新的线索。遮雨板上宽五十厘米、长两米的区域，与周围的颜色显然不同。他用手摸了一下，是钢板。

小保姆把双手插入钢板与遮雨板之间的缝隙，向上一抬，钢板就被抬了起来。原来，钢板很薄，不是很重，与遮雨板之间采用铰链连接。

"骷髅怪人当时多半是藏在这里的。"

如果所料不差的话，钢板下边应该是长方形的暗格，人可以躺在里面。小保姆使足全身力气掀起钢板，打算看个究竟。随着钢板被抬起，他不由得惊呼一声，瞠目结舌。

钢板下边确实有一个长方形的暗格，里面躺着一个手脚被绑的少年，嘴里被塞上了大手帕——正是失踪的正一——骷髅怪人竟然将正一藏在这里。

骷髅怪人将正一五花大绑，却没带走。也就是说，跟前天晚上从空房间消失的情况一样，骷髅怪人又悄悄返回了房间。院子里没有留下脚印，就是最有力的证明。

案情似乎越来越扑朔迷离。难道骷髅怪人一直都在这别墅里？可如果真是那样的话，他又是怎么躲开这么多人的搜索的呢？

小保姆全神贯注地思考，居然忘了给正一松绑。渐渐的，他的脸色越来越难看，两眼直愣愣地站在那里。

"啊，太可怕了！天下真有这样的事？"小保姆喃喃自语，声音颤抖，"嗯，这推理不会有错。好，我来试探一下。如果真是这样，那……"

小保姆打定主意，将钢板恢复原样，决定暂时先不救出昏迷不醒的正一。虽然这样做要让正一多受一些委屈，但为了弄清事实真相，也只好这样了。

小保姆返回房间，用扳手固定好螺丝，离开了。

老　人

　　那天傍晚，一个男人手提大皮箱来到笠原团长住宅的大门口。

　　男人身穿肥大的西装，头戴便帽，耷拉着眼角，塌鼻梁，大嘴巴，看起来差不多三十五六岁。

　　这时候，笠原团长已经从警署专案组回到家里，听说大门口有客人拜访，便亲自到大门口迎接。

　　"我是腹语术师，正巧在这一带巡回演出，希望为您的全日本规模之最马戏团效劳。本人的腹语术绝活，在东京可以说独一无二。如果您感兴趣的话，我可以现在就表演给您看。"

"哦，现在……现在我实在是忙得脱不开身。不过，我也确实一直在物色合适的腹语术师，就请进来试演吧。"

笠原团长将毛遂自荐的腹语术师引到会客室。

于是，大家都集中在会客室里观看表演。

警官们都已返回警署，家里只剩下马戏团的三个青年和两个保姆。

"新来的小保姆上哪儿去啦？"笠原团长突然发问。

保姆回答："中午过后，那孩子身体不舒服，硬要回家。至今还没有回来。"

"哦，我总觉得那孩子有点怪怪的。"

笠原团长说完，也没太在意，就让腹语术师开始表演。腹语术师打开箱子，抱出两个木偶，那是两个十来岁的少年，一个是日本男孩，另一个是非洲男孩。随着有趣的腹语配音，两个木偶少年开始表演。

"嗯，确实很有水平。好吧，我决定录用你了。工资和其他待遇还需要谈一下，到我房间慢慢聊吧。请跟我来。"

笠原团长说着走出会客室，腹语术师手提装有木偶少年的箱子，跟在他身后。

三十分钟过后，报酬和其他待遇似乎谈妥了。腹语术师笑嘻嘻地朝玄关走去，在笠原团长的目送下，手提大皮箱消失在门外大街上。

大门外五十米开外的路边停有一辆豪华轿车，腹语术师径直走向那辆轿车，拉开车门，坐到了后排座位上。等他关上车门，轿车很快就发动了。

这个自称巡回表演的腹语术师的人，居然配有如此豪华的高级轿车，真让人不可思议。

比起这些，还有更奇怪的。当腹语术师走近高级轿车时，后备箱盖稍稍打开，露出一道只有两厘米的缝隙，两只眼睛正从里面向外窥视。

腹语术师没有察觉到后备箱的动静，向司机打了一个手势，命令司机向西行驶。

汽车驶入京浜国道，经过横滨市。这时候，天色暗淡，暮色浓浓。

汽车继续向西行驶，道路两侧渐渐冷清起来。

汽车驶上山路，沿着盘山公路来到一处山脚。

汽车从笠原先生家出发，行驶了三个多小时，终于停了。这一带大树林立，枝繁叶茂。腹语术师命令司机停车，提着大皮箱下车后吩咐司机："喂，你打着手电在前面带路。"

说完，他将大皮箱扛到了肩上。看他那费力的模样，这大皮箱应该很沉。

两个人借助手电光，一前一后在树林里穿行。

两人身影一消失，后备箱盖就从里面打开了，钻出一个黑影。是一个十五六岁的少年，黑黝黝的脸，乱蓬蓬的头发，衣裤破烂不堪，是一个十足的小乞丐。

小乞丐远远跟着腹语术师，进入了黑乎乎的树林里。肩扛大皮箱的腹语术师和司机沿着蜿蜒崎岖的小道走了一百多米，前方出现了一个烧炭人住的小屋。

小屋里好像有人，昏暗的油灯散发着朦胧的光线。

腹语术师走到小屋门前卸下箱子，以一种古怪的节奏敲门。这多半是接头暗号。门开了，探出一个四十岁上下的烧炭人的脑袋来——蓬头垢面，胡子拉碴，目光却凶狠狡黠。他打量着腹语术师和司机，似乎是从未见过的陌生人。

"是我。那家伙情况怎么样？"腹语术师语气蛮横，态度生硬。

"对不起，原来是您呀。那家伙还是那样，从早到晚一声不吭，低着头不知在想些什么。不过，他已经不再大吵大闹了。"

"让他吃饭了吗？"

"嗯，尽管放心，不会让他饿死的。"

"好，我去会会那个家伙。"

腹语术师说完抬起箱子，走进小屋。

小屋只有十来平方米，一半是干燥的泥土地面，上面堆满了木柴和干草；另一半是木地板，铺有薄薄的垫被。小屋中间有一座围炉，被炭烟熏黑的天花板上，垂吊着一盏煤油灯。

"还是你在前面带路。"腹语术师命令道。

烧炭男人朝房间角落走去。他掀开垫被"咚

咚"敲了几下地板，然后掀开了活动地板。原来这是一个一米见方的暗门。

暗门下的洞穴很深，有狭窄的石板楼梯。

"快打开手电。"

腹语术师再次命令道，自己则扛着皮箱沿着石板楼梯向下走去。

走下十二级石板楼梯，在尽头处左转是一条地下通道，可以直立通过。向前走出几步，有一道结实的木门，门上挂有一把大锁。门后是一个漆黑的房间，地上好像有什么东西在动。

司机将手电对准那里。

出现在光束里的，是一个蓬头垢面、骨瘦如柴、衣衫褴褛的老人。

这可怜的老人究竟是什么人？还有可疑的腹语术师，到底是谁？他肩上扛着的大皮箱，里面果真是木偶吗？！

小乞丐

　　从行李箱里爬出的小乞丐，一直在腹语术师背后不远的地方跟踪。一看到他俩进入小屋，就蹑手蹑脚地跑到小屋窗外窥视。

　　烧炭人掀开地板打开暗门的情况，被他一一看在眼里。原来，小屋下边有地下室！小乞丐灵机一动，来到小屋门前也"咚咚咚"地敲起了门。

　　"谁？"小屋里，烧炭男人大声吼道。

　　小乞丐只是轻声笑笑，什么话也不说，又"咚咚咚"地敲起了门，节奏比刚才还要激烈。

　　"到底是谁？偏偏这个时候来烦我。等一

等……"

烧炭男人的声音离门口越来越近。

"吱"的一声，门开了。

"奇怪，怎么没有人。喂，刚才敲门的人在哪里？"烧炭男人瞪起双眼，努力在昏暗的夜色中搜索。

又等了一会儿，还是不见人来，烧炭男人嘟囔着回身关上了房门。可他刚回屋坐下，敲门声又响了，"咣咣咣"，比刚才还要激烈，简直是在砸门了。

"可恶，到底是谁在捉弄老子，看我不好好收拾你。"

门开了，胡子拉碴的烧炭男人冲出房门。树林里，传出窸窸窣窣的声音。烧炭男人卷起袖子，朝树林里扑过去。

就趁这时候，隐蔽在小屋旁边用长绳搅动树林里草丛的小乞丐，身手矫捷地闪身蹿进小屋，打开暗门钻了进去。

烧炭男人一番折腾，什么也没发现，只好骂骂咧咧地返回小屋，压根儿没有察觉到屋里有人进来过了。进屋后，他一屁股坐到围炉边，盘起腿，抽起了烟。

进入地下室的小乞丐一路小心翼翼地来到密室门前，将耳朵贴在门上。

"笠原团长，给你的礼品带来了，就在这箱子里。"

什么？笠原团长是什么时候到山里的？少年不可思议地把眼睛凑到门缝上，朝里边张望。虽说木门牢固而又结实，但门与框之间有一条不小的缝隙。

小乞丐发现房间里的情景十分诡异。

正对房门坐在地上的是一个骨瘦如柴的老人，蓬松的白发应该很长时间没梳理过了，犹如一堆乱麻。胡子也应该很长时间没修剪了，已经垂到了胸前。

腹语术师把大箱子放在老人面前，正要打开箱盖。旁边站着的司机，将手电光射向箱子。

小乞丐紧张起来。

"喏，这就是礼物！"

腹语术师"啪"地打开箱盖，然后居然从箱子里抱出一个手脚被绑的少年，放到老人面前的地上。少年不光手脚被绑，嘴里还塞着一块大手帕。

"这不是笠原正一吗？"

小乞丐禁不住脱口而出，还好，声音轻得没有人能听见。

那个骨瘦如柴的老人忽然摇摇晃晃地站起身来，走到少年身边。

"喂，喂，正一？啊，真没想到，他们连你也不放过。混蛋！你这家伙，为什么要干这种伤天害理的事？快说！喂，快说呀！"老人声嘶力竭，大喊大叫。

"你最好还是问自己吧。或者，你自己问那个人吧。我只是奉命行事，不清楚具体原因。但凭直觉，那个人与你之间的仇恨，好像不共戴天。"腹语术师的反应十分冷淡。

"什么仇恨不仇恨的，你们的首领到底是谁？我一点也不知道。你们把我关在这里，让某个混蛋化装成我，冒充'全日本规模之最马戏团'团长。那混蛋究竟是什么人？还有，你现在又把我的儿子绑架到这里，一路上让他受尽折磨，这到底为什么？"

"你别血口喷人，我可没让他受折磨。我只是奉命把他带到这里，让你们父子团圆。要不了多久，你女儿美代子也会来的。哈哈哈……"腹语术师用嘲弄的口吻对老人说。

躲在门口窥视的小乞丐，简直不敢相信自己的耳朵和眼睛。这到底是怎么回事？这个骨瘦如柴的老人可能才是真正的笠原团长，而一直以来跟他们打交道的笠原团长多半是假冒的。

原形毕露

第三天下午，大侦探明智小五郎拜访了笠原团长租住的别墅。

明智开门见山地说，希望能与笠原团长聊聊有关骷髅怪人的情况。笠原团长则彬彬有礼地鞠躬行礼，邀请明智到会客室。

两人中间隔着一张桌子，面对面地交谈。这时候，保姆端来两杯热腾腾的咖啡。

"明智先生，您曾经介绍给我的那个小保姆，三天前因为身体不适回家去了。昨天，我打电话到您的事务所询问她的病情，正巧您外出了。那女孩到底怎么了？病情严重吗？"笠原团长十分担心。

"嗯，她离开这里是有原因的。那孩子没得什么病，可她说不会再来这里工作了。"明智的回答有些莫名其妙。

"什么？什么原因？"笠原团长脸上的表情不自然起来。

"这，等一下再说。比起这个，另一个话题更重要。瞧，我带来一个有趣的东西，请您过目。"

"啊，这……"

"是骷髅怪人经常使用的假面具。我不仅把它弄到了手，还解开了骷髅怪人的秘密。"明智说完，锐利的目光径直射向笠原团长。

"什么？骷髅怪人的秘密？"笠原团长不由自主地从椅子上站起身来，脸色大变。

明智把假面具放在桌上，开始解释："那家伙就是戴着这个面具吓唬人的，搅得马戏团不太平。瞧，他就是这样装神弄鬼的。实际上骷髅怪人当然是不存在的。面具是从头顶上往下戴的，比起人脸要大许多。乍一看，让人觉得毛骨悚然。当然，这骷髅面具不是标本，而是人工制作的。"

　　笠原团长听完明智的解释，似乎反倒放松了下来。他双手抱在胸前，两眼紧闭，仿佛在打瞌睡似的。

　　明智继续说："骷髅怪人曾经多次烟雾般地消失。例如在大帐篷里，以及在这个别墅里，等等。其中的奥秘，都在这骷髅假面具上。只要不被人注意地取下这假面具，就可以恢复原来的模样，与戴着面具时完全就是两个人。首先，我说说骷髅怪人以及骷髅怪人与正一同时从二楼房间里消失的秘密。这两个秘密，是我的少年助手小林发现的。那个小保姆是小林化装的。这我事先没有通知您，笠原团长，实在对不起。"

　　"什么？小保姆是小林化装的？"笠原团长双眼圆睁，神色慌张起来。

　　"是的。小林化装成小保姆，侦查到了许多宝贵的线索。"接着，明智说明了二楼窗外的防盗窗的秘密，以及遮雨板上的暗格，"这些虽已调查清楚，但还是留下了一些难以理解的'谜'。遮雨板上的暗格十分狭窄，只能容纳一个人，如果把正一藏在那里，骷髅怪人就无处藏身了。而且院子里没有脚印，说明骷髅怪人并没有跳楼逃走。那么，骷髅怪人到底藏在哪里了呢？案发当时，参加搜索的警官们查遍了每个房间的每一个角落，却没有找到任何可疑线索。"

明智说到这里，停顿片刻。他注视着笠原团长脸色的变化。

笠原团长突然睁开双眼，不知何故，竟笑了起来："这秘密，您还没明白吗？"

"不，我完全明白了。当然，不光这个秘密。笠原先生，问题是罪犯无论何时出现，都不会有人怀疑他。要说为什么？那是因为他制造假象，化装成了遭到犯罪分子骚扰的受害者，从而欺骗了善良的人们。马戏团的帐篷里由于经常出现骷髅怪人，观众人数越来越少，蒙受损失的当然是笠原团长，也就是您。骷髅怪人绑架了正一，最痛苦不堪的，莫过于笠原团长，当然也就是您。可谁都不曾想到，头戴骷髅面具，化装成骷髅怪人的也是您。最令人费解，也最可怕的秘密，就在于此。您总是在骷髅怪人消失的时候出现，可谁都没有怀疑过您。那是因为人们根本不可能想到您就是骷髅怪人。

"曾有一次，骷髅怪人从大客车里消失。据说是从大客车的秘密洞口跳到底盘下逃走的。其实，那只不过是骗人的幌子而已。您自编自导自演了一出骗人的鬼把戏。解开这一秘密的也是小林。三天前，您的那个部下，所谓的腹语术师，提着装有正一的大皮箱坐上轿车去了山里的烧炭小屋。当时，小林事先隐蔽在后备箱里，跟着轿车来到那里，把烧炭小屋地下室里的情况侦查得一清二楚。

"笠原团长，警方已经逮捕了您的部下腹语术师、司机和烧炭男人。被关押在地下室的真正的笠原团长和正一，已被警方解救出来。喂，想掏手枪？您是不可能比我快的。笠原团长，您不是憎恨杀人，厌恶见到血吗？"

明智掏出手枪，瞄准假笠原团长。此时的假笠原团长仿佛被猎人追逐的猎物，直愣愣地看着明智。他本打算先下手为强，无奈对方黑洞洞的枪口已经对准了他，只得强颜欢笑。

"哈哈哈……真不愧是大侦探，居然调查得如此全面，如此详细。小林那家伙，比狐狸还要狡猾。我竟然一点也没有察觉，那小保姆原来是他化装的。明智君，您既然知道了一切，打算怎么处置我？不过，虽然说了一大堆，却没有确凿证据，谅您也不能拿我怎么样？"

假笠原团长恬不知耻，故作镇静。

"要证据吗？有啊，叫你家的保姆来。"

保姆来到会客室，明智吩咐她让等候在大门外的人进来。不一会儿，一位老人在保姆的陪同下走进会客室。虽说已换上崭新的西装，可一看到那张消瘦的脸，就知道他就是那个被关押在地下室里的老人。老人被关押了一年之久，不仅面黄肌瘦，而且神色萎靡。其实，他并不是老人，年龄与假笠原团长相仿，一年前还身体壮硕呢。

"现在走进来的，才是全日本规模之最马戏团的真正团长，也就是笠原太郎先生。笠原太郎先生，这男人厚颜无耻，以您的名义招摇撞骗已长达一年之久。"明智介绍说。

话音刚落，真笠原团长义愤填膺地朝桌子走来。假笠原团长也赶紧站起，两个人面对面地站着，僵持了足足两分钟。真假笠原团长都脸色铁青，不仅怒目相对，胸脯也剧烈起伏着。

"明智先生，他到底是谁？十五年前的那个远藤平吉根本就不是这张脸。可那家伙是化装高手，无论什么脸谱都能化装得天衣无缝。现在他化装的这张脸谱，跟一年前的我简直没有什么区别。"真笠原团长说话的声音有点嘶哑，但铿锵有力。

接着，他又说道："昨天，我在与明智先生交谈的过程中，终于清楚地回想起来，将我迫害到如此地步的，除远藤平吉外，不会有第二人。他与我的恩怨还得从年轻时说起。在全日本规模之最马戏团里，远藤平吉和我都是杂技师。适逢第一任团长退休，董事会决定由我接任。于是，我便遭到了远藤的嫉恨。当时，他一气之下辞职离开了马戏团。三年前，远藤因犯罪被警方抓获。当时，我作为证人给警方提供了远藤犯罪的证词。从此，他与我之间的积怨就更深了。可没有想到，他居然要置我于死地，弄得我家破人亡，就连还没有成人的正一也不放过。"

真笠原团长一口气说到这里，明智转向假笠原团长，插话道："三年前，我也听说了，你的真实姓名叫远藤平吉。但现在，你的姓名已多得数不清，脸谱也不停地变化。喂，二十面相！不，你也许喜欢别人叫你四十面相吧？不管怎么说，今天是你的末日。这里已经被警方包围了，你已经无路可逃了！"

地下逃亡

　　"你和笠原团长有仇，这我清楚，你要向全日本规模之最马戏团报仇，这我也清楚，可你兴风作浪的目的，不光是这个吧？"

　　"哈哈哈……那是自然。我当然还另有目的，因为这世上还有比笠原更可恨的家伙，就是你，明智小五郎！"二十面相刚才一直挂在脸上的玩世不恭的笑容不见了，取而代之的是一副咬牙切齿的恶狠狠的表情，"就因为你，我的许多宏伟计划屡屡功亏一篑。而且不管什么时候，什么地方，总有你这个丧门星。不过，明智，你虽然一次次抓住我，但监狱那种地方怎么可能关得住我。我还不是每次都能顺利脱身吗？实话告诉你吧，支撑着我不断继续下去的不是别的，就是向你复仇！总有一天，我要让你输得心服口服。这一回我化装成骷髅怪人，又遇上你这个冤家对头，给我制造了许多麻烦。当然，我讨厌杀人，根本不想杀害正一，那只是对你的考验而已，一切尽在我的掌握之中。即便你没有赶到靶场，我也自有办法让正一被发现。可你却根本什么都不知道，就急急忙忙地赶到靶场，甚至不知道自己在跟谁打交道，哈哈哈……"

明智听到这里，扑哧笑了："原来如此。看来，你还想跟我一较高下。好吧，我就成全你，现在就来一番较量吧。你能从这里逃走吗？这房间里有我和笠原团长，你只是一个人，我手上还有枪，更不用说别墅外的警官了。不仅如此，我也准备了对付你的绝招。当然，我的这张王牌还不到翻开的时候。"

"哈哈哈……明智君，瞧你脸上得意的神情，好像已经稳操胜券似的。果真如此吗？你说留有绝招，难道我就没有？就说这栋别墅吧，它早就被我全面改造过了。要知道，它并不是最近才建成的。要不然，二楼窗外的防盗铁栅栏中间怎么可能会有铰链呢？还有，遮雨板上怎么会有暗格呢？哈哈哈……怎么，明智君，你好像有点不高兴啊。你根本不知道这栋别墅里究竟有多少暗道机关。请尽量谨慎从事，否则……喂，明智君，你脸色怎么这么难看？"二十面相滔滔不绝，挖苦明智。

明智不慌不忙，镇定自若，因为他已经完全掌握了二十面相的秘密。

"那你就试试从地下通道逃走吧，哈哈哈……"

"什么？试试？"

"嗯，你就试试吧。"

"好！"

二十面相向后倒退两三步，只听"咯噔"一声，瞬间不知去向。他当然不会化作烟雾，而是从会客室地面的暗门进入了地下通道。

明智见状，立即飞奔到窗前，举枪朝天射击。子弹拽着红光，接二连三地射向空中。

当明智发完信号赶到洞口的时候，地面早已复原。

"明智先生，这暗门怎么也打不开，大概是从里面锁上了。"

笠原团长蹲在那里，试图掀开暗门。

"不会有锁，只要找到控制开关就行了，肯定就在这附近。"

明智说完，仔细寻找起来。果然不出所料，他在桌子下边的地板上找到了开关。用脚踩了一下，"咯噔"一声，暗门向下打开，现出了一个黑乎乎的洞口。

这时候，走廊上传来杂沓的脚步声，五名警官气喘吁吁地赶来了。走在前面的是大侦探的好友，警视厅的中村警部。

"收到你的信号，我们立刻赶来了。啊，他果然从地下通道逃跑了。"

"嗯，你们跟我一起下去追。洞口这里最好留一名警官看守，以防万一。"

明智说完，首先跳进黑乎乎的洞口，追了上去。

洞穴里没有楼梯，只能用两只手撑着洞壁往下滑。

中村警部留下一名警官监视洞口，带着其余三名警官先后跳进洞里。手里握着的枪都上了膛，一旦发现情况立即射击。

突然，昏暗的地道里出现一道白色的光束，是明智的手电。

地下通道一直向前延伸，前面的转角处突然闪出一个人影，多半是仓皇逃窜的二十面相。

"二十面相，站住！"中村警部的大喝声在地下通道里回荡，激起阵阵回声。

大家快步朝转角处跑去，二十面相的身影越来越清晰。

二十面相一路飞奔，终于跑到了地下通道的尽头，那儿有一扇紧闭的铁门。他急忙掏出钥匙将门打开，门外是一片草地，只要到了那里，就算是鱼归大海了。

门开了，只听二十面相大叫一声，转身就朝明智和四名警官跑来。原来门外早就埋伏了警官，见铁门打开，立即夺门而入，在二十面相身后紧追不舍。

地下通道没有岔路，二十面相被前后夹击，犹如瓮中之鳖，根本无路可逃。但以往的经验让大家依然不敢丝毫放松，在没有抓住他之前，谁也不敢掉以轻心。

警官们从地下通道两端向中间逼近，留给二十面相的空间越来越小。

"在这里。抓住啦！"欢呼声在地下通道里回响。

"哪里？"

"这里，这里。"

大家循声靠近，手电光朝那里射去。突然，"啪"的一声，不知是谁，将明智握着的手电打落在地，四周一片漆黑。警官们事先没有准备手电，黑暗中顿时乱作一团。

"喂，你干什么？是我，是我！"

"大家快去封住出口！那家伙可能浑水摸鱼，趁机逃走！"中村警部大声命令。

“不要紧，出口外边有我们的人把守着。他逃不掉的。”一名警官答道。

“快找到手电，这么漆黑一片什么也看不见。”

“是我，是我啊！”

“二十面相，你在哪里，快出来！”

“喂，缩在那里的是谁？”

“是我，别胡来！”

……

黑暗中的混乱还在继续。

突然，入口处射来两道手电光，快速向这边靠近，原来是一名警官两手各拿着一个手电，向这边跑来。

浑水摸鱼

中村警部接过手电，逐一扫过黑暗中的人影，但出现在光圈里的不是明智就是警官们，二十面相却不见了。

"大家兵分两路，回到各自进来的出入口严密把守。我和明智留在这里再仔细搜索一遍。"中村警部指挥警官们返回各自进来的出入口，他和明智各持一个手电在地下通道里搜查，可找了半天，连个影子也没有发现。

"难道这家伙又使用隐身术了？明智君，这到底是怎么回事？"中村警部一脸的无奈和遗憾。

“我看还是先出去吧。那家伙的小把戏我好像清楚了。”明智说完，率先朝铁门走去。

铁门外有混凝土阶梯，上面是长满杂草的空地。出口非常狭窄，只能容一个人通过，周围又野草丛生，很难发现。洞口旁边有大石板，好像是盖板。

门外有七名警官，五名刚从地下通道出来，另外两名一直在这里把守。

已经是傍晚时分，天色逐渐暗了下来。

“在这里把守的警官是哪两位？”明智问道。

“是我们。”走出两名警官。

“你们一直在这里吗？”

“是的。”

“刚才从地下通道出来的是几名警官？”

“五六个，对，是六个。”

“你是说六个？可除去你们两个，从地下通道出来的应该只有五个啊。”

“还有一个是之前从地下通道出来的。”

“啊，他是来找手电的吗？”

"对，他不知从哪里借来手电，又返回了地下通道。刚才，还有一个陌生的巡查警官从地下通道里出来。"

"我刚才在地下通道里把从你们这边进来的警官仔细数了一遍，不多不少是五个，而且都在这里。如果还有一个巡查警官从这里出来了，那就不是五个，而是六个了。那个巡查警官，你们认识吗？"

"不认识。今天在这里执行任务的警官，有警视厅的，也有当地警署的，很多人都不认识。"

"他往哪里去了？"

"说是根据中村警部的命令，到附近派出所打电话。"

"我根本就没命令过谁去打电话啊！"中村警部大吃一惊。

"那警官手上有什么东西吗？"明智插话问道。

"有，他腋下夹着一个包袱。"

"那人肯定就是二十面相！"明智斩钉截铁。

"什么？那人是二十面相？"中村警部赶紧

问道。

"嗯，是的。二十面相诡计多端，事先在地下通道里藏有警官制服，一旦需要便立即换装。刚才，我的手电被打落，肯定就是他干的，然后趁乱换装，把换下的衣服卷在包袱里夹在腋下，若无其事地逃走了。参加这次行动的警官有警视厅的，有当地警署的，相互间并不认识，只要身穿警服，往往都被认为是自己人，根本不会有什么怀疑。"

中村警部听罢，愤愤不平："这家伙真是一肚子坏水，居然化装成警官溜走了。现在，必须赶紧请警视厅发布通缉令，请各派出所和警署封锁路口加以盘查。"

中村警部心急如焚，明智则挥挥手，示意他冷静："没关系，请放心，如果化装逃跑是他最后的一招，那我也准备了对付他的绝招。而且，比他的招术要高上一筹。放心吧，二十面相是绝对跑不了的！"

怪老人

二十面相巧妙地骗过把守地下通道出口的警官后，若无其事地走过空地，却没留意背后草丛里的一阵窸窸窣窣。

虽说没有一丝风，齐腰高的野草却微微晃动起来，而且还不止一处，四下的草丛都有了动静。最终，所有的异动汇合在一处，向着二十面相逃走的方向。

"瞧，那警官形迹可疑，快跟上去。"

"嗯，这家伙很可能就是二十面相。明智先生一再叮嘱，即便警官也不要放松警惕。"

草丛里传出交头接耳的声音，听声音，一个是小林，另一个是井上一郎。当然，隐蔽在草丛里的可不止他们两个，少年侦探团这次出动了十多个人，早就埋伏在周围的草丛里，只等二十面相出现。

形迹可疑的警官快速穿过空地，直奔一处灌木丛。

"快把这里包围起来，严密监视！"

"好，我这就去通知大家。"

井上在草丛里穿行，向附近的少年侦探传达小林团长的命令。很快，少年侦探们包围了灌木丛，等待可疑警官的出现。

不一会儿，枝叶哗哗作响，灌木丛里走出一个老人。他身穿鼠色西装，头戴鼠色鸭舌帽，满头银发，弓着腰，拄着拐杖，蹒跚而行。

"难道那家伙又化装了？我们到灌木丛里看看。"小林附在井上耳边轻轻说道。

"好！"

两人悄悄靠近灌木丛，拨开茂密的枝叶，钻了进去。

灌木丛里空无一人，看来，那老人就是刚才那个可疑的警官化装的。也许他担心继续以警官模样突围难以脱身，也许他已经发现身后有"尾巴"。总之，在这片灌木丛里，二十面相藏有化装道具，以备急用。

既然他已经化装成老人，那么警官制服又在哪里呢？想到这里，小林又在灌木丛里仔细寻找，终于在枝叶最茂密的地方找到了团成一团的警官制服，还找到一个包袱，里面是他化装成笠原团长的道具。

小林赶紧跑出灌木丛，对井上说："灌木丛里找到了警官制服，可以断定刚才那老人就是二十面相化装的，必须加紧跟踪，跟踪人员最好再增加一个。"

"好，我带上野吕一起跟踪。"

"好，让其他团员立即到明智先生那里报告。"

井上招呼埋伏在附近草丛里的野吕，又招呼身边的另一个少年侦探，让他通知大家到明智先生那儿去报告。随后，小林、井上和野吕三人向着之前老人离开的方向跟了上去。

再次消失

　　老人离开空地来到大路上，喊了一辆蓝色出租车疾驶而去。

　　小林他们三个赶到的时候，大路上凑巧又驶来一辆黑色出租车，小林拦下出租车，三人都上了车。

　　"我是明智侦探事务所的，正在跟踪罪犯。请加大马力，别让前面那辆蓝色出租车跑了。"

　　小林说着递给司机一张名片。

　　司机板着脸看了一下名片。忽然，他吃惊地转过脸，看着小林："你就是明智大侦探的少年助手小林芳雄？我听过你的传闻，真是久仰大名。请放心，那辆蓝色出租车绝对跑不了。怎么？那里面有罪犯吗？"

司机年轻气盛，眼睛里闪烁着异样的光彩，显得非常兴奋。

"嗯，还是一个要犯。您马上会明白一切的。拜托了，别让对方察觉到我们在跟踪他。"

二十面相乘坐的是蓝色出租车，小林他们乘坐的是黑色出租车，两辆出租车在东京繁华的大街上一前一后。在东京的大街上跟踪汽车并不是一件容易的事，道路上的车辆来来往往，一不留神就会被别的车辆干扰视线，失去目标，特别是在十字路口交通信号灯变换的时候。好在小林三人乘坐的出租车的司机技术高超，一直与前面的蓝色出租车保持着最佳距离。

二十分钟后，小林眼前一亮——正前方出现了一座熟悉的大帐篷，那是全日本规模之最马戏团的驻地。二十面相曾化装成笠原团长，在这家马戏团里招摇撞骗一年多。

蓝色出租车停在马戏团大帐篷前，老人摇摇晃晃地下了车。

为了不被察觉，黑色出租车在两百多米外就停了下来。三个少年下了车，悄悄地跟了上去。

老人下车后，径直朝帐篷后门走去。少年们感到奇怪，面面相觑。

帐篷里还有观众，后台还有不少演员，二十面相混进帐篷里打算干什么呢？

小林对野吕轻轻耳语了几句，野吕随即直奔大街，给正在别墅等候消息的明智打电话。

小林和井上来到大帐篷后门，小心翼翼地朝里面窥视。

老人不见了，门口站着马戏团的值勤人员。

小林走到值勤人员面前："叔叔，还记得我吗？我是明智大侦探的助手小林芳雄。"

年轻的值勤人员一眼就认出了小林，笑着说："当然记得。有什么事吗？"

"请问，刚才是不是有一个驼背老人从这里进去了？"

"有，是从这里进去的，说是笠原团长吩咐他来的。"

"这老人可是一个臭名昭著的大盗。"小林说完，又附在值勤人员的耳边耳语了一阵。

值勤人员听罢，脸色大变。当他得知笠原团长是二十面相化装的，差点瘫软在地上。

"那，刚才进去的老人是不是就是二十面相？"

"是的，千真万确。我们已经用电话通知了警方，他们马上就会赶到。在那之前，绝对不能让他跑了。最好通知马戏团的主要干部，请他们协助搜索。千万别走漏风声，谁也不知道二十面相还有什么花招。"

值勤人员立即朝后台大客车跑去，一口气将小林说的情况，向副团长和其他干部做了汇报。副团长随即抽调出四五个工作人员，协助小林在大帐篷里寻找老人。可当他们赶到时，老人已经不知去向了。一直待在后台的演员们，都说不曾见过驼背老人。

难道那老人已经混在了观众里面？几个工作人

员沿着舞台转了一圈，并没有看到他的踪影。小林他们和值勤人员明明看见怪老人走进了帐篷。就这样，二十面相又一次消失了。

大闹马戏团

　　观众席上忽然喧闹起来，许多观众争先恐后地离开座位，纷纷朝大门口涌去，走廊上顿时拥挤不堪，小孩的哭声和妇女的尖叫声夹杂在一起。当然，也有一些胆大的观众并不惊慌，坐在座位上抬头仰望空中。

　　空中的秋千上有一个奇怪的身影，又是那个家伙，那个令人作呕的骷髅怪人！

　　二十面相摇身一变，不再是驼背老人，又变成了面目狰狞的骷髅怪人。像这样的假面具和黑色紧身衣裤，二十面相备有多套，藏在各个隐秘之处，一旦需要即可取出换上。

骷髅怪人站在秋千上越荡越高，差一点就要碰到帐篷顶了，只见他跃出秋千，在空中翻滚起来。观众席上发出一阵惊呼。但骷髅怪人稳稳地站到了一根横木上，然后就在各个横木和秋千上跳来跳去，身手敏捷犹如猿猴。

终于，他跳到了距离观众席最近的秋千上。秋千下垂有一根长绳索，是演员们表演结束后滑到地面用的。骷髅怪人抓住绳索快速下滑，就在滑到一半的时候，他突然停了下来，拽着绳索荡起了秋千。绳索摇晃的幅度越来越大，骷髅怪人就像一个巨大的钟摆，荡到了观众席上空。当绳索荡到接近后台出入口的位置时，他突然松开双手，身体犹如离弦的箭飞了出去。骷髅怪人不愧是杂技演员出身，只见他稳稳地站在了后台出入口，干净利落的落地动作绝不逊色于顶尖的国家级体操运动员。

马戏团的演员们都纷纷来到舞台中央，抬头观看骷髅怪人的空中杂技表演，七嘴八舌地议论着。直到他落到后台出入口，大家发一声喊，一起追了上去。但是等大家追到后台出入口的时候，骷髅怪人早已不知去向。

正当大家一筹莫展的时候，一个庞大的身影从后台冲了过来。是大象！它正朝舞台走来。大象背上站着骷髅怪人，手持长长的驯兽鞭。驯象师不在，没有人可以驯服这头大象，大家只得连连后退。

"啪！"一声清脆的鞭响，大象开始奔跑起来。

观众席上乱作一团，就连最胆大的观众也坚持不住了，赶紧离开座位，涌向大门。

骷髅怪人笔直地站立在大象背上，不时甩出响鞭。大象在他的指挥下，绕着舞台不停地转圈。

"哈哈哈……"骷髅怪人站在大象背上，一边挥动长鞭一边狂笑。

马戏团的演员们集中在后台出入口，小林、井上和野吕站在他们身后。三人也亲眼看到了刚才令人瞠目结舌的空中杂技表演，简直不敢相信自己的眼睛，骷髅怪人竟然有如此高超的杂技水平。

突然，站在大象背上的骷髅怪人看到了人群中的小林:"站在那里的是明智的弟子小林吧?"

大象停住了脚步,骷髅怪人恶狠狠地盯着小林。

小林分开人群走到最前边,毫不畏惧地与骷髅怪人对视:"是的,我就是明智先生的弟子。你化装成警官从地下通道逃走,又在灌木丛里化装成老人逃到这里,这一切都没能逃过我的眼睛。明智先生马上就到了,听,那是警车发出的警报声,警方马上也要赶到了。这次你是插翅难逃!"

骷髅怪人冷不防又甩出一记响鞭,大象得到指令,猛地朝帐篷大门冲去。

大熊出笼

　　小林三人和马戏团的演员们跟在大象后面来到帐篷外的草地上，那些刚才涌出帐篷的观众还没走远，很快把大象围了起来，指指点点，大喊大叫。大象似乎感到焦躁，突然人立起来。这时大家才发现，刚才一直站在大象背上的骷髅怪人不见了。

　　"骷髅怪人朝那个方向跑了，朝那个方向跑了！"观众们齐声呼喊，手指着帐篷后门。

　　小林三人和马戏团的演员们立即跑去那里展开搜索，结果连骷髅怪人的影子也没有见着。

　　在大客车里睡觉的驯象师被嘈杂声惊醒，赶紧把大象牵回了象舍。

这时候，警视厅满载警官的三辆警车赶到了。明智和中村警部率先下了车，了解情况后，命令全体警官将大帐篷包围起来，又命令四名警官两人一组，分别把守帐篷的前门和后门。

"先生……那家伙又消失了。"小林迎了上来，把刚才发生的情况向明智做了详细汇报。

明智与中村警部一起，在大帐篷里展开了地毯式的搜查，还是没有发现骷髅怪人的丝毫踪迹。

小林走到明智身边悄悄耳语了几句。

"嗯，是真的吗？是你亲眼看到的？好，到那里去！"

明智向中村警部使了一个眼神，跟在小林身后急匆匆地走了。

小林、井上和野吕三人担任向导，一行四人朝大帐篷旁边的铁笼走去。

铁笼边上停有小车，表演的时候，便由小车将大卡车上卸下的铁笼运往后台的白色帐篷里，等候上台。

一靠近铁笼，野兽特有的臭味儿扑鼻而来。前面一排是三个大铁笼。铁笼很大，野兽在里面不但可以躺着睡觉，还可以来回走动。中间的铁笼里关着一头狮子，左右两边分别关着老虎和豹。这些野兽早已习惯与人类打交道，即便周围有一大群人也不会咆哮，更不会惊恐。此时它们正优哉游哉地在铁笼里踱着步。

第二排铁笼里关着一头身材魁伟的大熊。

小林走到铁笼前，对马戏团的工作人员说："请打开这个铁笼。"

"什么？打开铁笼？"马戏团的工作人员满脸惊讶，不解地看着小林。

小林微微一笑，与他说起了悄悄话。

"什么？那家伙就躲在这头大熊里？"工作人员大吃一惊，就在他准备过去打开笼门的时候，突然大惊失色，"哎呀，不好！铁笼门是虚掩的。"

就在这时候，铁门"啪"的一声被从里面冲开了，大熊嗥叫着冲了出来。

小林大声提醒大家："这不是真熊，是二十面相化装的，大家不用怕，我们齐心协力抓住他！"

听小林这么一说，大家都不再害怕，奋不顾身地迎面冲了上去。

"呜嗷……"大熊大吼一声，人立而起。

搏斗开始了。

冲在最前面的一个演员被大熊压在身下，拼命挣扎。其余演员被这一幕吓住了，一时不知如何是好。三名警官则不为所动，冲上去奋力推开大熊。没想到大熊转身扑向了他们。于是，搏斗变成了一对三。一番激烈的搏斗之后，大熊终于寡不敌众，被死死地按在了地上。

"快拿绳索来！"

一名警官骑在大熊背上，另一名警官紧紧攥住大熊的两条前腿。马戏团的两个演员也扑上来，各抱住大熊的一条腿。第三名警官正在解开挂在腰上的绳索。就在这时，按住大熊的警官和马戏团的演员们不约而同地惊叫起来，原来他们压在身下的只是一张熊皮，里面什么都没有。

众人仔细检查之后才发现，大熊腹部有一排隐蔽的纽扣，二十面相趁刚才与大伙搏斗的时候，迅速解开纽扣，神不知鬼不觉地逃脱了。

化装成骷髅怪人的二十面相慌不择路，横冲直撞，一眨眼的工夫就逃进了空无一人的后台帐篷里。帐篷里随即传来一阵马的嘶鸣。

"糟了！那家伙打算骑马逃走！"中村警部大喊。

"追！快追！我骑马追赶，你上车追赶。"明智说着也冲进了后台帐篷。

此时，化装成骷髅怪人的二十面相已经纵马冲出了帐篷，帐篷外空地上看热闹的观众见状惊呼不止。

二十面相的末日

骷髅怪人骑在一匹深红色的骏马上，不停地抽打着鞭子，驱马狂奔。虽说夜色深沉，可大帐篷周围灯火通明，看热闹的观众们不时发出一阵阵的惊呼，热闹极了。

骷髅怪人刚刚消失在夜色中，明智也骑在马背上冲出了帐篷。

"那边，往那边去了！"观众里有人喊道。

明智熟练地调转马头，追了上去。

这种野外的追逐，远比竞技场上的赛马更为精彩和刺激。人群中的加油助威声和掌声此起彼伏。

警视厅的两辆警车也冲了上去，虽说警车速度比较快，但这毕竟不是在平坦的公路上，要追上飞奔的骏马还是有一定难度的。

　　警车顶上的小型探照灯"唰"地打开，照亮了前方大约一百米的道路。

　　"快通知后边的警车抄近路拦截！"中村警部命令道。

　　司机立即用无线对讲机通知后边的警车，传达中村警部的命令："一三六，一三六，中村警部命令你们抄近路赶到二十面相前面。"

　　"一三六明白，立即执行命令。"

　　前后追逐的队伍终于冲上了大街，此时大街上仍有行人，快车道上的车马比赛引得行人们纷纷驻足观望。

　　明智不断拉近与骷髅怪人之间的距离，很快就只有不到五十米了。骷髅怪人的马好像累了，脚步渐渐沉重起来。明智的马则越跑越欢，越跑越快。两者的距离越缩越短，四十米……三十米……二十米……十米……

突然，明智松开手里的缰绳，仅靠双腿夹住马腹，腾出手从腰间取出绳索，熟练地打了一个活结，将绳圈高高举过头顶旋转起来。

骷髅怪人察觉到身后的马蹄声越来越近，禁不住回头看了一眼，立即发现了明智头顶上旋转的绳圈。

就在这时，明智右手一挥，绳圈径直飞向骷髅怪人。绳圈又稳又准地套在了骷髅怪人的脖子上，他身下的马却没有停步，继续向前飞奔，骷髅怪人被猛然收紧的绳圈拽得重重地摔在了地上。明智的马也没有停步，腾空跨过倒地的骷髅怪人，继续向前冲去，可怜的骷髅怪人双手死死抓住绳圈，脸涨红得像一块猪肝，被拖拽着在地上继续向前。

还好他头脑十分清醒，右手从黑色紧身裤袋里取出一把明晃晃的匕首，只见寒光一闪，绳索断了。

骷髅怪人摇摇晃晃地爬起来，逃进了街边的一条小巷。

"快，下车追！"中村警部大声命令。

"吱——"随着一声刺耳的刹车声，警官们迅速打开车门，争先恐后地追了上去。小林他们也不甘示弱，紧随其后。

骷髅怪人被逼入绝境，激发起了超乎寻常的潜能，警官们一时竟然追不上他。突然，小巷的另一头射出两道刺眼的光亮——是之前那辆抄近路拦截的警车。

走投无路的骷髅怪人终于放弃了抵抗，颓然坐在了地上。狡猾的大盗，终于被捉拿归案了。

明智骑着马赶了回来，下马后与中村警部的手紧紧地握在一起以示庆贺。小林、井上和野吕为自己能亲身经历抓获二十面相的整个过程，欢呼雀跃，沉浸在无比喜悦之中。

江户川乱步年谱

1894年　出生

本名平井太郎，10月21日出生于三重县名张市，为家中长子。父平井繁男，时任名贺郡官府书记员。母平井菊。

1897年　3岁

因父亲工作调动，举家搬迁至名古屋市。

1901年　7岁

4月，进入名古屋市白川寻常小学就读。

1903年　9岁

《大阪每日新闻》连载菊池幽芳的《秘密中的秘密》，母亲每晚都会念给他听，从此对侦探故事萌生了极大兴趣。

1905年　11岁

4月，进入市立第三高等小学。协助父亲采用胶版誊写版印刷和发行少年杂志。二年级时喜欢上了押川春浪的武侠冒险小说。

1907年　13岁

4月，升入爱知县立第五初级中学。读到黑岩泪香的《岩窟王》，印象特别深刻。

1908年　14岁

其父开设平井商店，主营进口机械的贸易销售，兼营外国保险代理和煤炭销售业务，并采购全套铅字，印刷和发行《中央少年》杂志。秋天，开始在学校附近租借宿舍，独立生活。

1910年　16岁

与要好同学坐船到中国的东北地区旅行。

1912年　18岁

3月，初中毕业。因喜欢出版事业，与同学到处奔走、筹备。6月，其父开设的平井商店破产倒闭。由于失去了学费来源，没有继续上高中。随父亲坐船到朝鲜马山，从事垦荒和测量工作。8月，只身赴东京勤工俭学，以优异成绩考入早稻田大学预备班，白天上学，晚上寄宿在东京都本乡汤岛天神町的云山印刷厂，逢休息日打工。12月，迁到春日町借宿，业余时间靠誊写挣钱。

1913年 19岁

春，与祖母在东京牛込喜久井町生活，重读黑岩泪香等著名作家写的侦探小说。曾计划印刷和发行《少年新闻报》。8月，预备班毕业，考入早稻田大学经济学专业学习。

1914年 20岁

春，与同学创办《白虹》杂志，利用业余时间阅读爱伦·坡、柯南·道尔等英国作家的短篇侦探小说。为了阅读侦探小说，辗转于各大图书馆，所做的笔记装订成册，称为《奇谈》。

1915年 21岁

其父回国供职于某保险公司，在牛込与全家一起生活。继续阅读外国侦探小说，并悉心研究"暗号通讯文书"的由来、规则和特点。

1916年 22岁

8月，毕业于早稻田大学经济学专业，入职大阪府贸易商加藤洋行。

1917年 23岁

5月，从加藤洋行辞职，在伊东温泉开始阅读谷崎润一郎的作品《金色之死》，执笔撰写电影评论文章。
11月，入职三重县鸟羽造船厂电机部，参与内部杂志《日和》的编辑。

1918年　24岁

4月，其父再赴朝鲜工作。与鸟羽造船厂的同事组织"鸟羽故事会"，在各剧场、小学巡回。冬，在坂手村小学结识村上隆子。

1919年　25岁

辞职到东京。2月，与两个弟弟在东京本乡驹达町经营一家旧书店"三人书房"。7月，在书店二层编辑《东京PACK》杂志。11月，开设中华面馆。同年，与村上隆子成婚。

1920年　26岁

2月，入职东京市政府社会局。10月，关闭旧书店，入职大阪时事新报社，担任记者，经常与井上胜喜谈论侦探小说，开始撰写《二钱铜币》。

1921年　27岁

3月，长子平井隆太郎诞生。4月，在东京担任日本工人俱乐部书记。

1922年　28岁

8月，辞职后回到大阪府外守口町的父亲家，与父亲一起生活。9月，《二钱铜币》《一张收据》完稿，正式向某杂志社投稿，但未被采用。不久，改投《新青年》杂志，经审定采用。12月，入职大桥律师事务所。

1923年 29岁

4月，《二钱铜币》在《新青年》刊载，小酒井不木博士长文推荐。7月，《一张收据》在《新青年》刊载，辞去大桥律师事务所工作，入职大阪每日新闻社广告部。

1924年 30岁

4月，关东大地震，全家迁回大阪。7月，在《新青年》发表《二废人》。10月，在《新青年》发表《双生儿》。11月底，离开大阪每日新闻社，成为职业作家。

1925年 31岁

1月，在《新青年》增刊发表《D坂杀人事件》，名侦探明智小五郎首次登场。到名古屋拜访小酒井不木。之后，到东京拜访森下雨村，结识《新青年》派作家。2月，在《新青年》发表《心理测验》。3月，在《新青年》发表《黑手组》。4月，在《新青年》发表《红色房间》，与春日野绿、西田政治、横沟正史等作家发起创建"侦探兴趣协会"。5月，在《新青年》发表《幽灵》。7月，在《新青年》发表《白日梦》《戒指》。8月，在《新青年》增刊发表《天花板上的散步者》。9

月，在《新青年》发表《一人两角》，在《苦乐》发表《人间椅子》；其父逝世。10月，成立"新兴大众文艺作家协会"。

1926年　32岁

发表侦探小说《噩梦塔》(直译名《幽鬼之塔》)等多篇作品。12月，在《朝日新闻》上连载《畸心人》(直译名《侏儒法师》)。

1927年　33岁

3月，停笔，与妻平井隆子开设"宿舍租借有限公司"。不久，独自外出旅行，到日本海沿岸、千叶县沿岸等地；10月，到京都、名古屋等地；11月，与小酒井不木、国枝史郎、长谷川伸和土师清二等人创建大众文艺民间合作组织"耽绮社"。

1928年　34岁

3月，出售早稻田大学附近的宿舍。4月，买下东京户塚町源兵卫一七九号的房屋。同年，发表《丑角师》(直译名《地狱丑角师》)。

1929年　35岁

1月，在《新青年》发表《噩梦》。6月，发表处女随笔《恶魔王》(直译名《恐怖的魔王》)。8月，在《讲谈俱乐部》连载《蜘蛛男》。

1930年　36岁

5月，改造社出版《孤岛之鬼》。7月，在《讲谈俱乐部》连载《魔术师》。9月，在《国王》连载《黄金假面》。10月，讲谈社出版《蜘蛛男》。

1931年　37岁

5月，平凡社出版《江户川乱步选集》13卷。同年，出版《迷重重》(直译名《钟塔的秘密》)、《暗黑星》和《邪与恶》(直译名《影男》)。

1932年　38岁

3月，停笔，带全家外出旅游，先后到过京都、奈良、近江等地。

1933年　39岁

1月，加入大槻宪二创建的"精神分析研究会"，每月出席例会，并为该会《精神分析杂志》撰稿。4月，长子平井隆太郎升入大阪府立第五初中学校。同年，好友山本直一辞去博物馆工作，担任江户川乱步的助手。12月，在《国王》连载《红蝎子》(直译名《红妖虫》)。

1934年　40岁

发表《恐吓信》(直译名《魔术师》)、《黑天使》和《不归路》(直译名《死亡十字路》)。

1935年　41岁

1月，平凡社陆续出版《江户川乱步杰作选》12卷。6月，春秋社出版《人间豹》。9月，编写《日本侦探小说杰作集》，由春秋社出版，并发表长篇评论文章。

1936年　42岁

1月，在《讲谈俱乐部》连载《绿衣人》；在《少年俱乐部》连载《怪盗二十面相》。5月，春秋社出版评论集《鬼的话》。12月，讲谈社出版《怪盗二十面相》。

1937年　43岁

1月，在《讲谈俱乐部》连载《噩梦塔》(直译名《幽鬼之塔》)，在《少年俱乐部》连载《少年侦探团》。战争爆发后，政府当局对于出版物的审查越来越严格，江户川乱步的所有小说被禁止出版发行，不得不停止撰写侦探小说。为了生活，江户川乱步借用别名为少年儿童撰写探险小说。后来，当局只允许江户川乱步撰写防谍反特小说，在杂志和报纸决定连载前，必须经过外交部、内务部、警视厅和宪兵机构的联合审查，达成一致意见后方可使用江户川乱步的名字刊登。由于公开抗议，被勒令停止写作，结果只写了一部小说。

1938年 44岁

1月，在《少年俱乐部》连载《妖怪博士》。3月，讲坛社出版《少年侦探团》。4月，新潮社出版《噩梦塔》。9月，新潮社出版《江户川乱步选集》10卷。

1939年 45岁

1月，在《讲谈俱乐部》连载《暗黑星》，在《少年俱乐部》连载《蒙面人》。2月，讲谈社出版《妖怪博士》。

1940年 46岁

2月，讲谈社出版《蒙面人》。7月，因心脏不适住院治疗。10月，与同人创立"大政翼赞会"。

1941年 47岁

7月，非凡阁出版《噩梦塔》。12月，任东京池袋丸山町防空会长。

1942年 48岁

任东京池袋北町会副会长，以"小松龙之介"的笔名连载《聪明的太郎》。

1943年 49岁

与著名作家井上良夫书信往来，交流对欧美侦探小说的看法。8月，开始连载科幻小说《伟大的梦》。11月，东京大学文学部在读的长子平井隆太郎被征召入伍，为其举行送别会。

1944年　50岁

出任行政监察随员助手，后在町会领导下开设军需品加工厂生产皮革制品。

1945年　51岁

4月，家属被疏散到福岛，自己则只身留在东京池袋，继续担任町会副会长。6月，因病被疏散到福岛。8月，在病床上听到裕仁天皇宣布无条件投降，平井隆太郎从土浦飞行队退役。11月，举家迁回池袋。

1946年　52岁

6月，倡议成立"侦探小说星期六研讨会"，每月开一次例会。

1947年　53岁

6月，"侦探小说星期六研讨会"更名"侦探作家俱乐部"，被选举为第一届主席。11月，到关西等地演讲，普及和推广侦探小说。没有新作问世，但旧作再版达31部。

1949年　55岁

1月，在《少年》连载《青铜怪人》。6月，再度当选侦探作家俱乐部会长。11月，光文社出版《青铜怪人》。

1950年　56岁

1月，在《少年》连载《虎牙》。3月，在《报知新闻》连载《断崖》，为战后首部短篇侦探小说。12月，光文社出版《虎牙》。

1951年　57岁

1月，在《趣味俱乐部》连载《恐怖的三角馆》，在《少年》连载《透明怪人》。5月，岩谷书店出版评论集《幻影城》。12月，光文社出版《透明怪人》。

1952年　58岁

1月，在《少年》连载《怪盗四十面相》。3月，评论集《幻影城》荣获侦探作家俱乐部授予的"第五届优秀侦探小说勋章"。7月，辞去侦探作家俱乐部会长一职，任名誉会长。12月，光文社出版《怪盗四十面相》。

1953年　59岁

1月，在《少年》连载《宇宙怪人》。12月，光文社出版《宇宙怪人》。

1954年　60岁

1月，在《少年》连载《塔上魔术师》。10月，日本侦探作家俱乐部、东京作家俱乐部和捕物作家俱乐部联合主办"江户川乱步六十大寿庆典"，会上正式设立"江户川乱步奖"。《别册宝石》第四十二期杂志作为

"江户川乱步六十周岁纪念特刊",《侦探俱乐部》十二月号杂志也作为"乱步花甲纪念特刊"。著名作家中岛河太郎编纂和发行《江户川乱步花甲纪念文集》。11月，映阳堂出版《江户川乱步选集》10卷。12月，光文社出版《塔上魔术师》。

1955年 61岁

1月，在《趣味俱乐部》连载《影男》，在《少年》连载《海底魔术师》，在《少年俱乐部》连载《灰色巨人》。5月，举行首届"江户川乱步奖"颁奖仪式。11月，在三重县名张市举行"江户川乱步诞生地"树碑庆贺仪式。12月，光文社出版《海底魔术师》《灰色巨人》。

1956年 62岁

1月，在《少年》上连载《魔法博士》，在《少年俱乐部》上连载《黄金豹》。1月24日，"日本翻译家研究会"成立，出任研究会顾问。2月，出任"日本文艺家协会语言表述问题专业委员会"委员。4月，发表《英文翻译侦探小说短篇集》。8月，接任《宝石》杂志主编。11月，光文社出版《马戏团里的怪人》《魔法人偶》。

1957年 63岁

1月，在《少年》连载《夜光人》，在《少年俱乐部》连载《奇面城的秘密》，在《少女俱乐部》连载《塔上魔术师》。12月，光文社出版《夜光人》《奇面城的秘密》《塔上魔术师》。

1959年　65岁

1月，在《少年》连载《假面具背后的恐怖王》。11月，桃源社出版《欺诈师与空气男》，光文社出版《假面具背后的恐怖王》。

1960年　66岁

1月，在《少年》连载《带电人M》。4月，出任东都书房《日本侦探推理小说大集成》编辑委员。

1961年　67岁

4月，成为文艺家协会名誉会员。7月，出席"江户川乱步从事侦探小说创作四十周年庆典"，桃源社出版《侦探小说四十年》。10月，桃源社出版《江户川乱步全集》18卷。11月3日，荣获日本政府颁发的"紫绶褒勋章"。

1963年　69岁

1月，"日本侦探作家俱乐部"升格为社团法人"日本推理作家协会"，被一致推选为第一届理事长。8月，再次当选，坚辞不受，亲自提名松本清张接任第二届理事长。

1965年　71岁

7月28日，突发脑出血逝世，戒名智胜院幻城乱步居士。获赠正五位勋三等瑞宝章。8月1日，在青山葬仪所举行日本推理作家协会葬，墓所位于多摩灵园。

译后记

　　我1981年8月考入宝钢翻译科从事翻译工作，1982年初开始从事日本文学翻译，1983年2月首次发表日本文学译作。四十余年来，我一直致力于中日民间文化交流，尤其是翻译了日本推理文学鼻祖江户川乱步的作品全集，由衷地感到欣慰和满足。

　　《江户川乱步全集》共46册，数百万言，历经数个寒暑才翻译完成。回首往事，第一天坐在桌案前写下第一行译文的情景仍历历在目。为了解江户川乱步的创作思想、创作背景和准确把握作品的神韵，除反复阅读其所有小说作品外，我还遍览《侦探推理文学四十年》《乱步公开的隐私》《幻影城主》《奇特的立意》和《海外侦探推理文学作家和作品》等乱步的随笔和评论集。并专程去了坐落在东京丰岛区池袋的江户川乱步故居考察，到日本国家图书馆查阅了有关江户川乱步的许多资料。

为了让更多的人了解江户川乱步，我在《新民晚报》先后发表了《江户川乱步，日本侦探推理文学的先驱》《日本的福尔摩斯》《江户川乱步的起步》《徜徉少年大侦探系列》《徜徉青年大侦探系列》，接受了腾讯视频、东方电视台、《上海翻译家报》、沪江网、日语界以及日本青森电视台、《东粤日报》、《朝日新闻》、《产经新闻》、《中日新闻》的相关采访。

鲁迅说："伟大的成绩和辛勤劳动是成正比的，有一分劳动就有一分收获。日积月累，从少到多，奇迹就可以创造出来。"我历经数年辛劳翻译的这版《江户川乱步全集》，2004年4月被乱步故里日本名张市政府收藏，2020年10月又被日本驻上海总领事馆收藏，并荣获国际亚太地区出版联合会

APPA翻译金奖，其中的"少年侦探团系列"荣获国家新闻出版总署优秀少儿图书三等奖。

江户川乱步可以说是日本推理文学的代名词，江户川乱步奖是推动日本推理文学作家辈出的巨大动力，《江户川乱步全集》是世界侦探推理文学的瑰宝。希望通过这套《江户川乱步全集》，可以让更多的读者共同享受推理文学的乐趣。

2021年元旦于上海虹桥东华美寓所

图书在版编目（CIP）数据

马戏团里的怪人 /（日）江户川乱步著；叶荣鼎译. --济南：山东画报出版社，2021.4（2023.3重印）

（江户川乱步全集·少年侦探团系列）

ISBN 978-7-5474-3872-5

Ⅰ.①马… Ⅱ.①江… ②叶… Ⅲ.①儿童小说 - 侦探小说 - 日本 - 现代 Ⅳ.①I313.84

中国版本图书馆CIP数据核字（2021）第056664号

MAXITUAN LI DE GUAIREN

马戏团里的怪人

〔日〕江户川乱步 著　叶荣鼎 译

责任编辑　怀志霄
装帧设计　Pallaksch

出 版 人　李文波
主管单位　山东出版传媒股份有限公司
出版发行　山东画报出版社
　　　社　　址　济南市市中区英雄山路189号B座　邮编 250002
　　　电　　话　总编室（0531）82098472
　　　　　　　　市场部（0531）82098479　82098476（传真）
　　　网　　址　http://www.hbcbs.com.cn
　　　电子信箱　hbcb@sdpress.com.cn
印　　刷　山东新华印务有限公司
规　　格　787毫米×1092毫米　1/32
　　　　　　　5.25印张　74千字
版　　次　2021年4月第1版
印　　次　2023年3月第2次印刷
书　　号　ISBN 978-7-5474-3872-5
定　　价　28.00元

如有印装质量问题，请与出版社总编室联系更换。